सुरमयी लता

AF825983

अनुक्रम

प्रस्तावना

सुर व राग के ज्ञान का भंडार थीं सुरमयी लता

लता जी के संपूर्ण संगीतमय जीवन पर लिखी गई यह कृति हम सभी के जीवन में उनकी स्मृति को अक्षुण्य बनाने की दिशा में एक सुंदर कलात्मक अभिव्यक्ति है। समकालीन लेखक एवं साहित्यकार श्री सुरेश पटवा जी की इस रचना की प्रमुख पहचान गद्य एवं पद्य का सुंदर प्रभावी मिश्रण है। उन्होंने 'सुरमयी लता' का नामकरण भी लता जी के जीवन प्रसंग को ध्यान में रखते हुए किया है। सुरमयी लता को 6 भागों में सुनियोजित कर साहित्यिक स्वरूप प्रदान करने का प्रयास किया गया है -

1. दिल से
2. धुंधली यादें
3. किस्सा रस
4. विवादों के साये
5. गीत - संगीत का सफर
6. सराहना का सर्वोच्च शिखर।

संदर्भित कृति में लता जी की गायकी में स्वर-निर्मलता के उदाहरण से पाठकों को प्रेरणा प्राप्त होती है कि निर्मल भाव से ही कार्यों और जीवन में निर्मलता झलकती है। कुमार गंधर्व के माध्यम से गायक के गानपन का अर्थ स्पष्ट करते हुए बताया है कि "गाने से उभरने वाली मिठास और मस्ती" के समुचित उपयोग से किस तरह गीत के आनंद को गायन-श्रवण में उतारा जा सकता है। निश्चित ही इन्हीं विशेषताओं ने लता जी को सर्वोच्च शिखर तक पहुँचाया। वे लिखते हैं कि फ़िल्मों के स्वर्णिम काल की गायिकाओं में प्रणम्य

स्थान रखने वाली लता जी ब्रह्मलीन अवश्य हो गई हैं, परंतु वे भारतीय लोक मानस में सरस्वती देवी के एक वरदान स्वरूप अक्षुण्य रहेंगी। परस्पर संवाद कला के मार्मिक दर्शन भी उनकी अभिव्यक्ति में होते हैं, उन्होंने लता जी द्वारा गाए गीतों का प्रयोग किया है, जिससे उनकी पार्श्वगायन से संगति कृति के सौंदर्य को निखारने में सक्षम है, जैसे -

ना होंगे अगर हम तो रोते रहोगे
सदा दिल का दामन भिगोते रहोगे।
जो तुम पर मिटी हो उसे न मिटाओ,
आवाज़ देके हमें तुम बुलाओ।।

लेखक स्वयं लिखते हैं कि यह कृति लता जी के स्वर्गारोहण के तीन दिनों में सीधी आत्मा से निसृत हुई। इंतकाल का वह अत्यंत कारुणिक बिछोह का दिन?

आदत के मुताबिक टेलीविजन खोला
एक कौर उठाया मुंह तक न आया
खा न पाया
आवाज गूँजी
रहें ना रहें हम
महका करेंगे -

अतीत में खो गया मन।
आत्मा की आत्मा से बात कुछ ऐसे ही की गई -

जिंदा रहा शोक सिर्फ़
कोई नहीं सोया
हर कोई रोया
जब भी आएगा बसंत,
महका करेंगे
बनके सबा
बागे वफ़ा में हम -

उक्त पंक्तियाँ गायिका लता मंगेशकर जी से जनमानस का अंतः संबंध स्थापित करतीं ही हैं, साथ ही लेखक के कवि मन का भी सुंदर परिचय देती हैं। सच में उनकी यह कृति गद्य व पद्य का अनूठा संगम है और यह तो होना ही था, क्योंकि लेखक स्वयं एक श्रेष्ठ कवि भी हैं और लता जी कविता/गीतों की अद्वितीय गायिका जो हैं। अतः उनकी कृति भी सुरमयी है। लेखक सुरेश पटवा जी ने पाठकों को यह रचना देकर लता जी को भारत वासियों की ओर से सच्ची श्रद्धांजलि भी प्रदान की है, यह कहना अनुचित न होगा।

लता जी के देहावसान को सूफ़ी विचारों के साथ कितनी सुदृढ़ता से संजोया है - हाड़ जले लकड़ी जले, जले जलावन हार।

अर्थात् मृत्यु ही सबसे बड़ा सत्य है। सब का यही हश्र होना है।

लेखक अपने संवादों के प्रति सदैव सचेत दिखाई पड़ते हैं। लता जी की विषम बातों को भी बड़ी सहजता से प्रस्तुत करने में सिद्धहस्त हैं, क्योंकि सच्चा लेखक समन्वयकारी होता है, एकांगी नहीं। जैसे उन्होंने लिखा कि शुरुआत में कई संगीतकारों ने उनकी आवाज़ को पतली बताकर खारिज कर दिया था। दिलीप कुमार जी के कहने पर उर्दू और हिंदी का सही उच्चारण सीखा। उन्होंने लिखा कि उन पर कई आरोप भी लगते रहे, जिनमें प्रमुख था कि अपने समय की अन्य गायिकाओं को आगे नहीं बढ़ने देती थीं, जैसे शारदा, सुधा मल्होत्रा, नूरजहाँ, बहन आशा जी आदि।

इसी प्रकार गाने की रॉयल्टी आदि विषयों पर भी प्रतिरोधी टिप्पणियाँ उनके विषय में की जाती रही हैं, जबकि मोहम्मद रफ़ी, मुकेश, राज कपूर तथा अन्य गायक इसके पक्ष में नहीं थे। परंतु यह सभी बातें बड़ी मर्यादा, शालीनता और गरिमा के साथ लेखक प्रस्तुत करने में समर्थ हैं। लता जी एक अवसर पर रफ़ी जी को प्रत्युत्तर देते हुए कहती हैं कि "कला के पुजारी होने का तात्पर्य भिखारी हो जाना नहीं है।"

लेखक सुरेश पटवा जी नौशाद साहब के माध्यम से लता जी की दर्दीली तड़प का परिचय स्वाभाविक रूप देते हुए लिखते हैं कि "बैजू बावरा" फ़िल्म का गीत, "मोहे भूल गए साँवरिया" गाते हुए लता जी जोर से रो पड़ीं। लेखक को पूरा ख्याल है कि लता जी के संपूर्ण जीवन चरित्र को संतुलित रखना है, एकपक्षीय नहीं। लता जी एक इंसान हैं, और इंसान में सम-विषम दोनों ही पक्षों का समावेश होता है। इसीलिए वे अतिशयोक्ति से भी बचने का पूरा प्रयास करते हैं, और इसमें वह सफल हुए हैं।

आदरणीय पटवा जी प्रमुख हिंदी फ़िल्मों की जानकारी भी सहजता से प्रदान करते चलते हैं, हम भूल गए हों तो पढ़ते से ही स्मरण हो जाए, और क्यों न हो, क्योंकि लता जी का सीधा संबंध फ़िल्मी संगीत से है। स्वतंत्रता के पूर्व बनी फ़िल्म 'बड़ी माँ' से लेकर 'वो कौन थी', 'सरस्वतीचंद्र', 'दो रास्ते', 'राम तेरी गंगा मैली', 'तेरे मेरे सपने' आदि की जानकारी तिथि के साथ रचना में मौजूद है।

साथ ही सुरमयी लता में सुर, थाट, राग, वाद - संवाद, शुद्ध, मध्यम कोमल स्वर की जानकारी पाठक को बखूबी सहजता से मिल जाती है। जैसे -

1. बिलावल में सारे शुद्ध स्वर,
2. यमन - म तीव्र
3. खमज - नि कोमल
4. भैरव - रे, न, कोमल
5. राग आसावरी - ग, ध, नि कोमल
6. तोड़ी - रे, ग, कोमल, म तीव्र, ध कोमल
7. काफी - ग, नि कोमल?

लेखक अत्यंत रोचक, किंतु महत्वपूर्ण बात बतलाते हुए कहते हैं कि एक अच्छा श्रोता बनने के लिए संगीत की हल्की सी जानकारी होनी चाहिए। 'जो आनंद के रंग में रंग जाए, वही राग है' क्या बात है?

अध्ययन के दौरान मैंने पाया कि संगीत के प्रति लेखक का स्वाभाविक प्रेम और ज्ञान भी अद्भुत है। तभी तो सुरमयी लता नाम चुना है, अपनी कृति का। एक स्थान पर वो लिखते हैं कि फ़िल्म संगीत में बिलावल थाट का पहाड़ी राग पसंदीदा राग रहा है। लगभग 50 गाने इसी राग पर आधारित थे, उदाहरण देते हुए - 'लग जा गले कि फिर ये हसीं रात हो न हो, शायद फिर इस जनम में मुलाकात हो न हो।' इसी प्रकार वह कहते हैं कि फ़िल्म संगीत में शिवरंजनी राग का भी अधिकतम उपयोग किया गया है, जो क्रमशः शृंगार, विरह और भक्ति रस के गीतों में प्रयुक्त होता है।

इस प्रकार लेखक ने एक ही स्थान पर संगीत के सभी स्तंभों को एकत्रित कर पाठकों को सरल सुगम जानकारी प्रदान करने का महत्वपूर्ण

कार्य किया है। सभी संगीतकारों, गीतकारों, गायकों का सहज परिचय प्रस्तुत करना उनकी रचना शैली की अहम् विशेषता है, चाहे राहुल देव बर्मन हों, सचिन वर्मन, नौशाद, मदन मोहन, शंकर जयकिशन, लक्ष्मीकांत प्यारेलाल, सुमन कल्याणपुर, सी. रामचंद्र, साहिर लुधियानवी, पंकज राग, मजरूह सुल्तानपुरी, शकील बदायूँनी, मोहम्मद रफ़ी, किशोर कुमार, दिलीप कुमार, मुकेश, हेमंत कुमार इत्यादि फ़िल्म जगत् से जुड़ीं तमाम दिग्गज संगीत कला विभूतियाँ सुरमयी लता के साथ अमर स्वरूप में संग्रहित हैं। यही लेखक की रचना धर्मिता है, जो स्पष्ट दिखाई दे रही है।

लता जी के जीवन संघर्ष को संगीत के साथ जोड़कर सुरमयी लता नाम देना समीचीन प्रतीत होता है। आप लता जी की भौतिक अनुपस्थिति को अपनी कृति की प्रेममयी विरह कविता में कुछ इस तरह बयाँ करते हैं, उनके पिता के परस्पर संवाद के साथ -

क्या कहा गाते नहीं बन रहा
तेरह की छोड़ी थी
तिरानबे की हो गई
तीन तेरह में न पड़ो
यहाँ आ जाओ।

आदरणीय पटवा जी को रसमय विलक्षण संवादकला हेतु हार्दिक बधाई। निश्चित ही यह कृति लता एवं संगीत प्रेमी पाठकों के लिए उपयोगी सुंदर उपहार है। यह कृति पाठकों में लोकप्रिय हो, इस हेतु हार्दिक शुभकामनाएँ।

—डॉ क्षमा पांडेय
(वरिष्ठ साहित्यकार एवं संगीतज्ञ)

मेरी बात

भारत में आज़ादी के बाद जो पहली पीढ़ी जन्मी वह लता जी द्वारा गाई लोरियों को सुनकर बालपन से किशोर अवस्था तक पहुँची। उस पीढ़ी ने लता जी द्वारा निभाए प्रणय गीतों की धुन पर दाम्पत्य में प्रवेश किया और उनके मिलन-विछोह गीतों का भरपूर आनंद लिया। लता जी अपने जीवन के आरम्भिक दौर में ही एक ऐसी किंवदंती बन गईं, जिन्होंने भारतीय पारिवारिक मूल्यों को शिरोधार्य करके संयमित जीवन शैली से करोड़ों लोगों को प्रेरित किया।

हम भी उसी प्रथम पीढ़ी का प्रतिनिधित्व करते हैं। जिनकी आत्मा में लता जी की लोरियों से प्रणय गीतों तक और भजनों से ग़ज़लों की बंदिशें लयबद्ध होकर कौंधते रहती हैं।

उनके प्रस्थान से हिंदी फ़िल्मों में पार्श्वगायन के स्वर्ण युग का अंतिम सितारा अस्त हो गया। 1950 से 1970 के गीतकार, संगीतकार और गायक-गायिका अपनी अमिट कला साधना के रूप में हमेशा अमर रहेंगे। लता जी उस मधुर संगीतमय दौर की सर्वोच्च शिखर थीं। उनके बारे में बहुत किताबें पढ़ते रहे थे। जो दिमाग़ में स्मृति रूप में स्थिर थीं। उनके अवसान के तीन दिनों के भीतर यह कृति अस्तित्व में आई है। आशा है उनके जीवन की गीत-संगीत मय प्रस्तुति सुरमयी लता साहित्य संगीत रसिकों की पसंद आएगी।

—सुरेश पटवा

9926294974

चिड़िया फुर्र

दीदी की तबियत
कुछ ठीक नहीं थी
थोड़ा सा जुकाम भर था
और थोड़ी सी खांसी भी
छींक भी रहीं थीं

*

फिर अचानक
खाने से अरुचि होने लगी
माया छूटने लगी
नींद टूटने लगी

*

कुछ गुनगुनाती थी
यादों को बुलाती थीं
बाबा आ गए
बहुत दूर से
बोले गुनगुनाओ
अलाप भरो
गुनगुनाओ
ठीक से गाओ
गुनगुनाओ

*

क्या कहा
गाते नहीं बन रहा
तेरह की छोड़ी थी
तिरानवे की हो गई
तीन तेरह में न पड़ो
यहाँ आ जाओ

*

देव रास्ता देख रहे हैं
जब से गई हो
स्वर्ग सूना है
कोई सितार नहीं सजा
कोई मृदंग नहीं बजा
शिव हरि
सचिन मदन
शकील मजरूह
रफ़ी किशोर
शैलेंद्र हसरत
सब यहीं हैं
बाक़ियों को भी
यहीं आना है
ज़िंदगी तो बहाना है
यही पक्का ठिकाना है

*

सुर भी है
साज भी है
लय भी है
ताल भी है
गीत भी तैर रहे हैं
ग़ज़ल भी उदास है

तबले रो रहे हैं
साज़िंदे सो रहे हैं
बस तुम आ जाओ

*

बाबा की चिड़िया
उड़ गई फुर्र
हम रोते रह गए
वासंती बयार में
ग़म के सागर
हम पीते रह गए
हम रीते रह गए

—सुरेश पटवा

सुरमयी लता

1

दिल से

मुंबई में लोगों से सुन रखा था कि लता जी कभी-कभी अपने पेद्दर रोड स्थित प्रभुकुंज अपार्टमेंट की बालकनी में आकर प्रशंसकों का अभिवादन स्वीकार करती हैं। हमने स्टेट बैंक सेंट्रल आफिस में पोस्टिंग के दौरान दो-तीन साल मुंबई में गुज़ारे हैं। कभी-कभी मुंबई के बेतरतीब रंगढंग निहारते लता जी के दर्शन की आस लिए, पैदल गिरगाँव चौपटी से होते हुए पेद्दर रोड़ पर जा खड़े होते थे। एक दिन शनिवार को लता जी ने अपने अपार्टमेंट से मुस्कुराते हुए हाथ हिलाकर भीड़ का अभिवादन किया। हम भी भीड़ में मौजूद थे। उनकी उपस्थिति से अभिभूत चर्चगेट से लोकल पकड़ने लौटते समय सड़क किनारे लगे पुरानी किताबों के ढ़ेर से उनकी ज़िंदगी पर लिखी एक किताब ख़रीद ली। चलती लोकल में उनकी ज़िंदगी के सफ़े खोलना शुरू किए। फिर कई किताबों में लता जी का ज़िक्र मिलने लगा। दिमाग़ में लता जी की एक तसवीर बनती चली गई। वह तसवीर समय के साथ मुकम्मिल होती चली गई। राग, अलाप, ठहराव, तबलों की थाप की संगत में गीतों और ग़ज़लों के मुखड़े, अंतरे, रदीफ़, क़ाफ़िया, बहर समझना शुरू किया तो उनके गीतों को सुनने का आनंद सारी सीमाओं से परे परमानन्द पर पहुँचने लगा।

आज़ाद भारत पर जिन चंद शख़्सियतों का प्रभाव पड़ा है, उनमें लता मंगेशकर एक प्रमुख हस्ती रही हैं। हिंदी सिनेमा के स्वर्ण युग का इतिहास लता जी की लोरियों, भजनों, प्रणय गीतों, विरह गीतों के बग़ैर नही लिखा जा सकता है। वैसे तो आम आदमी गायन की बारिकियाँ नहीं समझता।

फिर भी वह लता के गायन से अभिभूत महसूस करता है। वह क्या चीज़ है जो श्रोता को स्पंदन के साथ एक अजीब सी राहत देता है। देश के प्रबुद्ध संगीतज्ञों ने लता की गायकी पर विचार व्यक्त किए हैं। भारतीय गायिकाओं में बेजोड़ - लता मंगेशकर लेख में कुमार गंधर्व बताते हैं कि लता मंगेशकर चित्रपट संगीत की पर्याय बन चुकी हैं। उनके अनुसार लता की गायकी में गायन की निम्न विशेषताएँ झलकती हैं।

1. लता की गायकी की एक प्रमुख विशेषता है, उसके स्वरों की निर्मलता। लता का जीवन को देखने का जो नज़रिया है, वही उनके गाने में झलकता है। ईर्षा-द्वेष कपट रहित मन निर्मल होता है। वही निर्मलता उनके गायन में आती है।
2. लता की गायकी की दूसरी विशेषता स्वरों की कोमलता और मुग्धता है। वो जिस तरह से कोमल स्वर लगाती हैं, वह विलक्षण है। उनका गायन श्रोता को मुग्ध कर देता है।
3. उनके गीतों में नादमय उच्चारण अर्थात् किन्हीं दो शब्दों का अंतर बड़ी सरलता और सुंदरता पूर्वक स्वरों से भरा रहता है। ऐसा प्रतीत होता है कि दोनों शब्द स्पष्ट उच्चारित होकर विलीन होते-होते घुल गए हैं। वह घुलन रस कानों में अमृत उँडेल देता है।
4. उनके गीतों में शृंगार रस की ओजस्व अभिव्यक्ति लगभग पूर्णता से दिखाई देती है, जिससे उनके गायन में भरपूर मनोरंजकता मिलती है।
5. 'गानपन' का अर्थ है - गाने से मिलने वाली मिठास और मस्ती। जिस प्रकार मनुष्य कहलाने के लिए मनुष्यता के गुणधर्म का होना ज़रूरी है उसी प्रकार संगीत में भी गानपन का गुण आवश्यक है। लता मंगेशकर के गायन में यही गानपन है, जो शत-प्रतिशत है और यही उनकी लोकप्रियता का आधार है।
6. पार्श्वगायन की शुरुआत से पहले जो गीत गाए जाते थे, वह 'गीत' केवल इसीलिए कहे जाते थे, क्योंकि उन्हें अभिनेत्रियाँ गाती थीं। लेकिन जब लता पार्श्व में गाने लगीं, उसे असल में 'गाना' कहते हैं।

लता मंगेशकर ने पहली बार 9 साल की उम्र में अपने पिता के साथ 'सौभद्र' नाटक में नारद का किरदार निभाया था। इस नाटक में उन्होंने 'पावना

वामना या मना' गाना गाया, जिससे उनके पिता को लता की अद्भुत आवाज़ की जानकारी मिली। पिता को क्या पता था कि उनकी लतिका भारत की 'क्वीन ऑफ़ मेलोडी', 'स्वर-कोकिला', 'नाइटिंगिल ऑफ़ इंडिया' जैसे नामों से पहचानी जाएगी। लता हिंदुस्तानियों के दिल की ज़मीं पर सरगम से लिखी एक कविता है, जिसे भारतीय आदित्य के अस्तित्व तक गुनगुनाएँगे।

लता मंगेशकर उस ऐतिहासिक बदलाव का हिस्सा थीं, जब सिनेमा बदल रहा था, सिनेमा का संगीत बदल रहा था। सिनेमा के पर्दे पर पारसी शैली में गीतों के नाटकीय चित्रण से अलग उनकी आवाज़ हर तरफ छाने लगी। ग्रामोफोन के रिकाड्र्स के जरिए, रेडियो के जरिए और लोगों की गुनगुनाहट के जरिए। गीत अब महज़ किरदार की कहानी नहीं बयान करते थे, लोगों के दिलों की आवाज़ बनने लगे।

वैसे तो किसी व्यक्ति की आम आदमी में पहुँच नापने का कोई पैमाना नहीं बना। परंतु लता की पहुँच का पैमाना है। आम आदमी के मनोरंजन का सबसे सस्ता और सुलभ साधन रेडीयो है। रेडीयो पर दिन भर बजने वाले गानों में बीस-पच्चीस गाने लता के होते हैं। उन्होंने नौ वर्षीय बचपन से अभिनय-सुर याने पार्श्व गायन यात्रा आरम्भ की, जो अनवरत साठ सालों तक चलती रही। साठ सालों की कठिन साधना के दौरान कई-बातें, कई-यादें, कई-क़िस्से, कई-विवाद, कई-गीत, कई-पुरस्कार उनसे जुड़ते चले गए। जिन पर प्रबुद्ध कला मर्मज्ञों ने विचार प्रकट किए। जिनमें से कुछ दिल को छूने वाली स्मृतियाँ इस पुस्तक में लता जी को एक अनूठी काव्यमय गद्य अभिव्यक्ति के रूप में पेश की जा रही है।

कुछ रचनाएँ दिमाग़ से लिखी जाती हैं, कुछ दिल की ज़मीन पर उभरती हैं और कुछ सीधी आत्मा से काग़ज़ पर उतरती हैं। भारतीय सिनेमा का 1950 से 1970 का कालखंड स्वर्णयुग माना जाता है। आज़ाद भारत में अद्भुत प्रतिभाओं का विस्फोट हुआ, उनमें लता विलक्षण थीं। बिना किसी भेदभाव के देशवासी उन्हें सिरजते रहे हैं। वे स्वर्णयुग के फ़िल्मों की अनुपम साधिका थीं। अब के बाद ताक़यामत भारतीय संगीत के दो ही नाम याद किए जाएँगे - तानसेन, जिनकी प्रतिभा के बारे में हम सुनते आए हैं और लता, जिनको हमने जिया है। हर संगीत प्रेमी जी रहा है, हिंदुस्तान सत्तर सालों से जी रहा है, एक आवाज़ जो कभी भी बिसराई नहीं जा सकती। अरे देखो तो, ये झूठ कौन फैला रहा है, वह आवाज़ नहीं रही, अरे भाई

नाद ही ब्रह्म है, आवाज़ कभी नहीं मरती, हमेशा ब्रह्मांड में रहती है। इस आवाज़ के लिए तो अंतरिक्ष के ब्रह्मांडों में लड़ाई छिड़ी है, और कोई कह रहा है कि वह आवाज़ नहीं रही। आवाज़ आ रही है, सुनो -

अभी तो मेरी ज़िंदगी है परेशां
कहीं मर के हो खाक भी न परेशां
दिये की तरह से न उसको जलाओ
आओ...आओ...मेरे पास आओ

सुनो- धीरे से सुनो- हिमालय से हिंद महासागर तक, नेपाल से श्रीलंका तक, बंगाल की खाड़ी से अरब सागर तक, कश्मीर से कन्याकुमारी तक, अटक से कटक तक वही आवाज़ गुनगुना रही है।

ना होंगे अगर हम तो रोते रहोगे
सदा दिल का दामन भिगोते रहोगे
जो तुम पर मिटी हो उसे ना मिटाओ
आवाज़ देके हमें तुम बुलाओ...

और वो सुनो, कोई दिलीप जो अभी थोड़े साल पहले ही ऊपर गया है... मेथड नुमा अन्दाज़ में फुसफुसा रहा है... "वैसे तो वह चन्द फ़ुट और चन्द इंच की, सफ़ेद साड़ी में लिपटी हुई, सहमी-सी एक लड़की है। पर उसकी आवाज़, वह तो रौशनी है, जो आलम के गोशे-गोशे में मौसीक़ी का उजाला फ़ैलाती है। और आपके जो यह टेप और सी.डी. हैं, इनकी तो आने वाली नस्लें अहसानमन्द होंगी कि इन्हीं पर लता का फ़न कुरेदा हुआ है। लेकिन दरहक़ीक़त खुशकिस्मत तो वह हैं, जिनका उसके साथ उठना-बैठना रहा है..."

तुम झूठ सुन रहे हो - आवाज़ धरा पर नहीं रही - वह आवाज़ धरा पर नहीं रही? - जिसके बग़ैर धरा पर धरा ही क्या है।

*

जिस दिन लता जी ने इस फ़ानी दुनिया को अलविदा कहा, उस दिन 33 करोड़ भारतीय घरों में अहसास भरा एक पूरा दिन कुछ ऐसा गुजरा था।

छह फ़रवरी दो हज़ार बाईस
दिन रविवार
सुबह नौ बजे
आदत के मुताबिक़
टेलिविज़न खोला
एक कौर उठाया
मुँह तक आया
खा न पाया

*

सामने से आवाज़ आई
सुर साम्राज्ञी नहीं रहीं
कौर वापस थाली में
सब रुदाली में
मुँह अवाक दिल हैवाक
ज़ख़्म रिसना शुरू
कूंचे में दिल के जब से आए
सिर्फ़ दिल की ज़मीं
है याद हम को...

*

आवाज़ गूंजी
रहें ना रहें... हम महका करेंगे...
साँसें रुकीं रहीं
कौर कुम्हलाने लगा
जी घबराने लगा
दिल रुलाने लगा
फिर आवाज़ गूंजी
खोए हम ऐसे, क्या है मिलना,
क्या बिछड़ना...

*

कई वीडियो तैरे
आँसू से आह तक
आह से वाह तक
वाह से राह तक
अतीत में खो गया
व्यतीत हो गया
रोकर मन हल्का हुआ
कई रुमाल जुटे
आँसू नहीं खुटे
चाहत की खुशबू
यूँ ही ज़ुल्फ़ों से उड़ेगी,
ख़िज़ा हो या बहारें...

*

उसे ज़रा भी ख़याल नहीं
कोई कहीं जाता है, कहीं
यही आसमाँ यही जमीं
हमेशा रहेगी यहीं
जाएगी नहीं कहीं
मौसम कोई हो
इस चमन में
रंग बन के रहेंगे
हम ख़िरामा

*

मन थोड़ा सहज हुआ
कौर असहज हुआ
उसने उठाया और
फिर शुरू हो गया
आँसुओं का रेला

अवसान का खेला
रहें ना रहें हम महका करेंगे

*

रिमोट आँसू गीत
लुटी प्रीत
चलता रहा बारी बारी
सुनाई दी लोरी प्यारी
गुड़िया हमसे रूठी रहोगी...
कब तक न हँसोगी...

*

नश्वर को
नश्वर करने
नश्वर क्षण आया
नश्वर प्रज्ज्चलित
नश्वर धुआँ छाया
नश्वर हुआ साया
नश्वर राख़ हो गई
काया ख़ाक हो गई
जब हम ना होंगे,
तब हमारी खाक पे
रुकोगे चलते चलते...
अश्कों से भीगी चाँदनी में
एक सदा सी सुनोगे
चलते चलते...
वही पे कही हम
तुम से मिलेंगे,
बन के कली...

*

एक वासंती शाम में
सब ठंडा हो गया
सब कुछ ठंडा हो गया
ममता माया मोह
काल की गहरी खोह
सही में सब कुछ ठंडा हो गया
रहें ना रहें हम महका करेंगे
बन के कली, बन के सबा,
बाग़-ए-वफ़ा में

*

ज़िंदा रहा शोक
सिर्फ़ शोक
कोई नहीं सोया
हर कोई रोया
शोक को छोड़कर
चली गई मुँह मोड़कर
हमें रोता छोड़कर
जब भी आएगा वसंत
महका करेंगे
बन के सबा
बाग़-ए-वफ़ा में हम...

2

धुँधली यादें

भारत में ऐसा कोई इंसानी जीव नहीं होगा, जिसने लता मंगेशकर के गीतों में डूबकर अपने प्रेम, आनंद, दुःख, हताशा, मिलन, विदाई, बचपन, अंगड़ाई, यौवन, बुढ़ापा को न जिया हो। आज़ाद भारत का एक अजूबा थीं लता। आदमी तो आदमी पशु भी उनके गायन के दीवाने हैं। मुंबई और पूना के बीच गायों का एक उच्च तकनीक से सु-सज्जित वातानुकूलित फार्म हाउस है। वहाँ का दूध मुकेश अम्बानी, सचिन तेंदुलकर और अमिताभ बच्चन के घरों को पहुँचता है। फार्म हाउस में गायों को काजू, किसमिस, बादाम, पिस्ता खिलाया जाता है। उन्हें लता जी के गाने सुनाए जाते हैं। वहाँ एक प्रयोग किया गया। जिस दिन उन्हें लता के गाने नहीं सुनाए, उन्होंने दूध रोक लिया।

महानतम गायिका भारतरत्न लता मंगेशकर की सुरीली आवाज़ भारतीय सिनेमा की ही नहीं, हमारी सांस्कृतिक और राष्ट्रीय अस्मिता की पहचान रही है। एक ऐसी आवाज़ जिसमें मंदिर की घंटियों, गिरजाघर की खामोशी, गुरुद्वारे की तान और मस्जिद की अज़ान सी पाकीज़गी है। ऐसी आवाज़ जो सदियों में कभी एक बार ही गूंजती है। लता मतलब सन्नाटे को चीरती हुई दिल की दहलीज़ पर रूहानी आवाज़ की दस्तक। लता मतलब जीवन की तमाम आपाधापी और शोर के बीच सुकून और तसल्ली के कुछ अनमोल पल। लता मतलब भावनाओं की एक ऐसी बयार जो सुनने वालों को अपने साथ बहा ले जाए।

लता की गायकी में खामोशी के इशारे से नाद अंगड़ाई लेकर जाग उठता है। प्रभात की किरणों से अलाप आता है। झरने की कल-कल में सरगम और बादलों की संगत थाप के साथ हवा की बयार से लय उभर कर

कोयल की कूक में गीत ढल जाते थे। आवाज़ की मिठास में घुले शब्द से आती रंगत से मन मयूर झूम कर नाचने लगता है।

अपनी शालीन, नाज़ुक, गहरी और रूहानी आवाज़ से लता जी ने लगभग सात दशकों तक हमारी उमंग, खुशियों, शरारतों, उदासियों, दुख, अकेलेपन और हताशा को अभिव्यक्ति दी। प्रणय को सुर, व्यथा को कंधा और हमारे आँसुओं को तकिया दिया। देश की तीस से ज्यादा भाषाओं में तीस हज़ार से अधिक गीत गाने वाली लता जी के लिए संगीत इबादत से कम नहीं था। मानवीय भावनाओं और सुरों पर पकड़ ऐसी थी कि किसी के लिए यह पता करना मुश्किल हो जाता था कि उनके सुर भावनाओं में ढले हैं या खुद भावनाओं ने सुरों की शक्ल अख़्तियार कर ली हैं। संगीत के प्रति उनकी आस्था ऐसी गहरी थी कि वे अपनी चप्पलें बाहर ही उतार साधिका रूप में रिकॉर्डिंग स्टूडियो में प्रवेश करती थीं।

वे अलाप, सुर, ताल, उच्चारण, उतार, चढ़ाव विलंबित, द्रुत भावाभिव्यक्ति में प्रवीण थीं, बस इतना ही उनकी कला को समझने के लिए काफी नहीं। वे मूलतः फ़िल्मों की गायिका थीं, इसीलिए उन्होंने गायन में अभिनय कला का अद्भुत समन्वय किया। उन्होंने 'कला' को 'सहजता' में ही ऊँचाई दी। शास्त्रीय पारंगतता के बावजूद उनके गायन में किसी अतिरंजित प्रदर्शन की चाह न थी। वे बखूबी जानती थीं कि अतिरिक्त कला की अभिव्यक्ति अंततः कला को विरूपित करती है।

लता की जादुई आवाज़ के दीवाने भारतीय उपमहाद्वीप के साथ-साथ पूरी दुनिया में मौजूद हैं। टाईम पत्रिका ने उन्हें भारतीय पार्श्वगायन की अपरिहार्य और एकछत्र साम्राज्ञी स्वीकार किया है। लता मंगेशकर भारत की सबसे लोकप्रिय और सम्मानित गायिका हैं, जिनका छह दशकों का पार्श्व गायन उपलब्धियों से भरा है। लता जी ने लगभग तीस से ज्यादा भाषाओं में तीस हज़ार से अधिक फ़िल्मी और गैर-फ़िल्मी गाने गाए हैं, लेकिन उनकी पहचान भारतीय सिनेमा में एक पार्श्वगायक के रूप में रही है। अपनी बहन आशा भोंसले के साथ लता जी का फ़िल्मी गायन में सबसे बड़ा योगदान रहा है।

लता का जन्म इंदौर (मध्य प्रदेश) शहर के सिक्ख मोहल्ला में पंडित दीनानाथ मंगेशकर के मध्यवर्गीय परिवार की सबसे बड़ी बेटी के रूप में

28 सितंबर, 1929 को हुआ। उनके पिता रंगमंच के कलाकार और गायक थे। बहनों उषा मंगेशकर, मीना मंगेशकर, आशा भोंसले और भाई हृदयनाथ मंगेशकर सभी ने संगीत को ही अपनी आजीविका के साधन रूप में चुना। हालाँकि लता का जन्म इंदौर में हुआ था, लेकिन उनकी परवरिश महाराष्ट्र में हुई। लता ने पाँच साल की उम्र से पिता के साथ एक रंगमंच कलाकार के रूप में अभिनय करना शुरू कर दिया था।

संगीत के क्षेत्र में आमतौर पर हर घराना नए आगंतुक गायक को सरल राग भैरव, भूपाली या यमन से रियाज़ शुरू करवाते हैं, फिर कठिन रागों पर मशक़्क़त करवाते हैं। लता के साथ ठीक उलट हुआ। उनके पिता पंडित दीनानाथ मंगेशकर ने बिटिया की शुरुआत एक अत्यंत जटिल राग पूरिया धनाश्री से करवाई। यह ठीक वैसा ही है, जैसे पाँच साल के बच्चे को जिसने अभी गिनती लिखना भी नहीं सीखा है, उसे उन्नीस का पहाड़ा सिखाया जाए। जीवन के आरम्भिक दिनों में पूरिया धनाश्री राग के स्वरों के साथ कुछ-कुछ प्रकाश, कुछ-कुछ अंधेरा, ढेरों सुनहरी उर्मियाँ और अनगिनत रक्तवर्णी संध्याओं की साधना के साथ गुंजित स्वर प्रवेश करेगा, यह उस बालिका को भी कहाँ पता था। एक कठिन राग एक साधिका के सुर आँगन में इस तरह बस जाएगा कि वह इतनी आगे निकल जाएगी कि उसका स्वर विस्तार मंगल या आनंद रचने के साथ विरह और शांति का स्वर संसार रच रहा होगा।

एक और क़िस्सा उस जमाने की मशहूर अभिनेत्री ललिता पवार के साथ का है। पंडित दीनानाथ एक नाटक "रणदुंदुभि" का एक गीत "दिव्य स्वतंत्र रवि" राग मालकौंस से राग भैरवी पर ले जाते थे और पुनः भैरवी से मालकौंस पर सधे स्वरों से लौट आते थे। लता ने भी इस गीत को उसी ईमान्दारी के साथ निभाया। ललिता पवार मुग्ध हो गईं। लता को बुलाकर बोलीं –

बेटा, तुमने बहुत अच्छा गया है, मैं तुम्हें पच्चीस रुपए ईनाम में दूँगी।

उनके पास उस समय पच्चीस रुपए नहीं थे। उन्होंने कानों से सोने की बालियाँ उतारीं और भेंट कर दीं। यह बात मास्टर विनायक को पता चली और एक सिलसिला शुरू हो गया।

जब उनके पिता की 1942 में हृदय रोग से मृत्यु हुई। उस समय इनकी आयु मात्र तेरह वर्ष थी। भाई बहिनों में बड़ी होने के कारण परिवार की जिम्मेदारी का बोझ उनके कंधों पर आ गया था। दूसरी ओर उन्हें अपने करियर की तलाश भी थी। उन्हें बहुत आर्थिक किल्लत झेलनी पड़ी और काफी संघर्ष करना पड़ा। उन्हें अभिनय बहुत पसंद नहीं था, लेकिन पिता की असामयिक मृत्यु की वज़ह से पैसों के लिए उन्हें कुछ हिन्दी और मराठी फ़िल्मों में अभिनय भी करना पड़ा।

नवयुग चित्रपट फ़िल्म कंपनी के मालिक और मंगेशकर परिवार के करीबी दोस्त मास्टर विनायक (विनायक दामोदर कर्नाटकी) ने उनके परिवार के देखभाल की ज़िम्मेदारी को निभाया। उन्होंने लता को एक गायक और अभिनेत्री के रूप में अपना काम शुरू करने में मददगार भूमिका निभाई।

लता ने “नाचू या गाड़े, खेलो सारी मणि हौस भारी” गीत गाया था, जिसे सदाशिवराव नेवरेकर ने वसंत जोगलेकर की मराठी फ़िल्म किटी हसाल (1942) के लिए संगीतबद्ध किया था, लेकिन उस गीत को अंतिम कट में हटा दिया गया था। विनायक ने उन्हें नवयुग चित्रपट की मराठी फ़िल्म ‘पहिली मंगला-गौर’ (1942) में एक छोटी भूमिका दी, जिसमें उन्होंने “नताली चैत्रची नवलई” गाया, जिसे दादा चंदेकर ने संगीतबद्ध किया था। उन्होंने मराठी फ़िल्म “गजभाऊ” (1943) के लिए उनका पहला हिंदी गीत “माता एक सपूत की दुनिया बदल दे तू” गाया था।

जब मास्टर विनायक की कंपनी ने अपना मुख्यालय 1945 में मुंबई स्थानांतरित कर दिया, तब लता भी मुंबई पहुँच गईं। उन्होंने भिंडी बाज़ार घराने के उस्ताद अमन अली खान से हिंदुस्तानी शास्त्रीय संगीत की शिक्षा लेनी शुरू की। उन्होंने वसंत जोगलेकर की हिंदी भाषा की फ़िल्म ‘आप की सेवा में’ (1946) के लिए “पा लागूँ कर जोरी” गाया, जिसे दत्ता दावजेकर ने संगीतबद्ध किया था। फ़िल्म में नृत्य रोहिणी भाटे ने किया था, जो बाद में एक प्रसिद्ध शास्त्रीय नृत्याँगना बनीं। लता और उनकी बहन आशा ने विनायक की पहली हिंदी भाषा की फ़िल्म ‘बड़ी माँ’ (1945) में छोटी भूमिकाएँ निभाईं। उस फ़िल्म में, लता ने एक भजन “माता तेरे चरणों” में भी गाया था। विनायक की हिंदी भाषा की दूसरी फ़िल्म ‘सुभद्रा’ (1946) की रिकॉर्डिंग के दौरान उनका परिचय संगीत निर्देशक वसंत देसाई से हुआ।

अभिनेत्री के रूप में उनकी पहली फ़िल्म 'मंगलागौर' (1942) रही, जिसमें उन्होंने स्नेहप्रभा प्रधान की छोटी बहन की भूमिका निभाई। बाद में उन्होंने कई फ़िल्मों में अभिनय किया, जिनमें माझे बाल, चिमुकला संसार (1943), गजभाऊ (1944), बड़ी माँ (1945), जीवन यात्रा (1946), माँद (1948), छत्रपति शिवाजी (1952) शामिल थी। बड़ी माँ, में लता ने नूरजहाँ के साथ अभिनय किया और उसकी छोटी बहन की भूमिका आशा भोंसले ने निभाई। उन्होंने खुद की भूमिका के लिए गाने भी गाए और आशा के लिए पार्श्वगायन किया।

संगीतकार मास्टर गुलाम हैदर को लता मंगेशकर को ब्रेक देने के लिए जाना जाता है। उन्होंने 1948 में विनायक की मृत्यु के बाद लता को एक गायिका के रूप में काम करने की सलाह दी। मास्टर गुलाम हैदर एक जाने-माने संगीतकार थे। उन्होंने लोकप्रिय रागों को पंजाबी संगीत की धुन और ताल के साथ जोड़कर फ़िल्मी गीतों का चेहरा बदल दिया। संगीत में उनके अग्रणी काम ने हंसराज बहल, श्याम सुंदर, हुस्नलाल भगतराम और फ़िरोज़ निज़ामी जैसे कई पंजाबी फ़िल्म संगीत निर्देशकों को प्रेरित किया। मुंबई में उनके सहायक फ़िल्म संगीतकार मदन मोहन और नौशाद थे।

एक साक्षात्कार में, लता ने खुद 2013 में अपने 84 वें जन्मदिन पर खुलासा किया था, "गुलाम हैदर वास्तव में मेरे गॉडफादर हैं। यह मुझ पर उनका विश्वास था कि उन्होंने मुझे हिंदी फ़िल्म उद्योग में लाने के लिए लड़ाई लड़ी, अन्यथा मुझे अस्वीकार कर दिया गया था।" अपनी प्रारंभिक अस्वीकृति को याद करते हुए, लता ने एक बार कहा था, गुलाम हैदर पहले संगीत निर्देशक थे, जिन्होंने मेरी प्रतिभा पर पूर्ण विश्वास जताया।

उन्होंने लता को निर्माता शशधर मुखर्जी से मिलवाया, जो उस समय भगत सिंह पर बन रही शहीद (1948) फ़िल्म पर काम कर रहे थे। दिलीप कुमार और कामिनी कौशल मुख्य भूमिका में थे। लेकिन मुखर्जी ने लता की आवाज़ को "बहुत पतली" कहकर खारिज कर दिया। गुलाम हैदर को निराशा हाथ लगी। गुलाम हैदर बहुत गुस्से में थे। हैदर ने जवाब दिया कि आने वाले वर्षों में निर्माता और निर्देशक अपनी फ़िल्मों में गाने के लिए "लता के चरणों में गिरेंगे" और "उनसे भीख माँगेंगे"। उस समय गायन के क्षेत्र में अमीर बाई कर्नाटकी, गीता दत्त, ज़ोहरा बाई, नूरजहाँ, शमशाद बेग़म, सुरैया का सिक्का

चलता था। 1947 में वसंत जोगलेकर ने अपनी मराठी फ़िल्म "आपकी सेवा" में लता को गाने का मौका दिया। इस फ़िल्म के गानों से लता की खूब चर्चा हुई। इसके बाद लता ने "मज़बूर" फ़िल्म के गानों "अंग्रेजी छोरा चला गया" और "दिल मेरा तोड़ा हाय मुझे कहीं का न छोड़ा तेरे प्यार ने" जैसे गानों से अपनी स्थिती सुदृढ़ की। हालाँकि इसके बावज़ूद लता को उस खास हिट की अभी भी तलाश थी। 1949 में लता को ऐसा मौका फ़िल्म "महल" के "आएगा आने वाला" गीत से मिला। महल फ़िल्म कमाल अमरोही ने दिगदर्शित की थी और नियति ने संगीत के लिए खेमचंद प्रकाश को चुना था। राजस्थान के इस दिग्गज संगीतकार ने पहले ही रंजीत मूवीटोन द्वारा बनाई गई फ़िल्मों में अपनी संगीतमय पहचान बना ली थी, जो उस समय का एक प्रसिद्ध फ़िल्म स्टूडियो था। नौशाद जैसे बड़े लोगों ने भी अपने करियर की शुरुआत उनके सहायक के रूप में की थी। जब खेमचंद प्रकाश रंजीत मूवीटोन के मालिक सरदार चंदूलाल शाह को लता को अपने गायक के रूप में लेने के लिए मना नहीं सके, तो उन्होंने नौकरी छोड़ दी और प्रतिद्वंद्वी बॉम्बे टॉकीज स्टूडियो में प्रवेश किया। जिसके बैनर तले महल फ़िल्म बनाई थी। फ़िल्म में अशोक कुमार और सवाक वाचा का पैसा लग रहा था।

महिला प्रधान भूमिका की कास्टिंग जटिल हो गई - कई स्थापित अभिनेत्रियों ने भूमिका से इंकार कर दिया और जिन्होंने इसे स्वीकार किया, उन्होंने ऊँची क़ीमत माँगी। एक समय पर, सवाक वाचा द्वारा सुरैया पर विचार किया गया था और लगभग अंतिम रूप दिया गया था, जो मानते थे कि वह अशोक कुमार के साथ एक विपणन योग्य जोड़ी बनाएँगे, लेकिन सुरैया की नानी फ़िल्म की अपरंपरागत कहानी के बारे में उत्साहित नहीं थीं। मधुबाला, एक 15 वर्षीय उभरती हुई, लेकिन बिल्कुल नई अभिनेत्री थी, ने कामिनी की भूमिका में अपनी रुचि व्यक्त की। वाचा ने उसकी उम्र और सापेक्षिक अनुभवहीनता के कारण उसे सिरे से खारिज कर दिया, लेकिन अमरोही ने उसका ऑडिशन लेने की माँग की। अमरोही ने बाद में बताया था, "जब मैं उनसे पहली बार मिला था, तब वह एक सेलिब्रिटी नहीं थीं, और चूंकि मैं किसी नए व्यक्ति की तलाश में था, इसलिए वह रोल के लायक थीं।"

इंडिया टाइम्स के अनुसार, अपने पहले स्क्रीन टेस्ट में, मधुबाला भयानक लग रही थीं। चर्चा है, जर्मन सिनेमैटोग्राफर जोसेफ विर्चिंग, जो स्टूडियो के पेरोल पर थे, को किशोर अभिनेत्री को सबसे खराब तरीके से शूट

करने का निर्देश दिया गया था। अमरोही ने दूसरा ऑडिशन खुद किया और मधुबाला की फोटो खिंचवाते हुए अपनी सुविधानुसार रोशनी की व्यवस्था की। इंडिया टाइम्स के अनुसार, "वह अब शानदार, यहाँ तक कि श्वेत-श्याम में भी भटकती आत्मा दिखाई दी, और हर कोई सहमत था कि वह एक आदर्श कामिनी थी।" इस तथ्य के बावजूद कि फ़िल्म के मुख्य अभिनेता, कुमार की उम्र उनकी उम्र से दोगुने से अधिक थी, मधुबाला ने भूमिका हासिल कर ली। अशोक कुमार ने वर्षों बाद कहा, "मधुबाला सिर्फ़ 15 साल की थी और इतनी कच्ची थी कि उसे लगभग हर शॉट के लिए कई रीटेक की ज़रूरत थी। लेकिन महल अलग थी, और मुझे विश्वास था कि हम गलत नहीं होंगे।"

खेमचंद प्रकाश ने संगीत दिया था, जबकि नक्षब ने गीत लिखे थे। साउंडट्रैक में लता मंगेशकर, राजकुमारी दुबे और जोहराबाई अंबलेवाली ने अपनी आवाज़ दी है। टुन टुन यानी उमा देवी को शुरू में "आएगा आने वाला" गाने की पेशकश की गई थी, लेकिन उसने कारदार प्रोडक्शंस के साथ अपने अनुबंध के कारण इस प्रस्ताव को अस्वीकार कर दिया। लता ने उसी प्राचीन हवेली में गीत गाया जहाँ फ़िल्म की शूटिंग हुई थी। और इतिहास बन गया।

एक भयानक रात में एक अकेला खड़ा महलनुमा घर अँधेरे में डूबा हुआ था। धीरे-धीरे हिलता-डुलता झूला, जिसके आसपास कोई नहीं है। सफ़ेद रंग की पोशाक में चुंबकीय, रहस्यमयी मधुबाला। अशोक कुमार के अभिव्यंजक चेहरे पर हतप्रभ नज़र। मोहक काले और सफ़ेद सेल्युलाइड इमेजरी की पृष्ठभूमि के खिलाफ़, एक मंत्रमुग्ध कर देने वाला गीत उभरता गया। महल के किनारे से सफ़ेद लिबास में लिपटी एक बेचैन रूह ठहरे हुए ख़ामोश पानी पर चलती कश्ती में... सवार हो अनंत यात्रा पर चली जा रही है...।

भटकी हुई जवानी मँज़िल को ढूँढती है
माझी बग़ैर नय्या साहिल को ढूँढती है
दीपक बग़ैर कैसे, परवाने जल रहे हैं
कोई नहीं चलाता, और तीर चल रहे हैं
आएगा...आएगा...आएगा...आने वाला

इस गीत को उस समय की सबसे चर्चित खूबसूरत अभिनेत्री मधुबाला पर फ़िल्माया गया था। जिसकी लुभावनी सूरत, सीरत और गदराए बदन से उभरता अदाकारी का रूहानी अन्दाज़ करिश्मा शुद्ध गान्धारी धुन में लिपटी लता की रूहानी आवाज़ से मिलकर जादू जगा गया।

खामोश है ज़माना, चुप-चुप हैं सितारे
आराम से है दुनिया, बेकल है दिल के मारे
जैसे कि चल रहा है, मन में कोई हमारे
या दिल धड़क रहा है, इक आस के सहारे
ऐसे में कोई आहट, इस तरफ आ रही है
आएगा...आएगा...आएगा...आने वाला

यह फ़िल्म अत्यंत सफल रही थी और लता तथा मधुबाला दोनों के लिए मील का पत्थर सिद्ध हुई। तानपुरे से निकलने वाला गंधार शुद्ध रूप में सुनना चाहो तो आएगा आने वाला गीत सुनो।

तड़पेगा कोई कब तक, बे-आस बे-सहारे
लेकिन ये कह रहे हैं दिल के मेरे इशारे
क्या जाने दिल की कश्ती कब तक लगे किनारे
आएगा...आएगा...आएगा...आने वाला

बॉम्बे टॉकीज ने महल को मामूली बजट पर बनाया था, क्योंकि उस समय यह बड़े नुकसान से जूझ रहा था। फ़िल्म के साथ निर्देशन की शुरुआत करने वाले अमरोही को फ़िल्म में मुख्य भूमिका निभाने में कठिनाई का सामना करना पड़ा। कई प्रमुख महिला सितारों द्वारा ठुकराए जाने के बाद, नवेली अभिनेत्री मधुबाला को एक आत्मा की भूमिका निभाने के लिए रखा गया था। फ़िल्म को फ़िल्माने में अपेक्षाकृत लंबा समय लगा, और जब इसे बनाया जा रहा था, तो फ़िल्म से संबंधित पत्रिकाओं ने इसका मजाक उड़ाया, जिन्होंने इसे बड़ी विफलता के रूप में वर्णित किया।

बहुत देरी के बाद महल अक्टूबर, 1949 में सिनेमाघरों में रिलीज़ हुई। मिश्रित-से-नकारात्मक आलोचनात्मक समीक्षाओं के बावजूद, यह दर्शकों के बीच बेहद लोकप्रिय साबित हुई और भारतीय गॉथिक कथा साहित्य का

मार्ग प्रशस्त किया। फ़िल्म की सफलता ने मधुबाला और पार्श्व गायिका लता मंगेशकर को भी सुपर-स्टारडम में लॉन्च किया, जिन्होंने तीन गानों को अपनी आवाज़ दी थी। इसके अलावा, यह बॉम्बे टॉकीज के लिए सबसे बड़ी हिट साबित हुई, हालाँकि महल के प्रदर्शन के कुछ साल बाद ही इसे बंद कर दिया गया था।

इस गाने की रिकॉर्डिंग के वक़्त का वाक़या सुनिए। बॉम्बे टाक़ीज में जहाँ यह गाना रिकार्ड हो रहा था। वहाँ फ़िल्म लाहौर की शूटिंग चल रही थी। फ़िल्म की नायिका नरगिस और उनकी माँ जद्दन बाई भी मौजूद थीं। जद्दन बाई ने लता की रिकार्डिंग ध्यान से सुनकर उसे पास बुलाया -

इधर आओ बेटा, क्या नाम है तुम्हारा?

जी, लता मंगेशकर।

अच्छा तुम मराठन हो?

जी हाँ!

माशाअल्लाह क्या 'बग़ैर' कहा है? दीपक बग़ैर कैसे परवाने जल रहे हैं, में 'बग़ैर' सुनकर तबियत खुश हो गयी। ऐसा तलफ़्फ़ुज़ हर किसी का नहीं होता। तुम निश्चित ही एक रोज़ बड़ा नाम करोगी।

जीवन भर गीता के कुछ पदों का पाठ करने वाली और ग़ालिब, मीर, मोमिन, ज़ौक़ और दाग को सही तलफ़्फ़ुज़ में पढ़ने वाली महान गायिका अपने संगीत के विस्तार से गीतों-ग़ज़लों को आत्मा की गहराइयों तक शताब्दियों के आर-पार जाने वाला उजाला फैलाना शुरू कर चुकी थी।

इसके बाद लता ने कभी पीछे मुड़कर नहीं देखा। 06 फ़रवरी, 2022 को वसंत पंचमी के दूसरे दिन लता चली गईं। कहते हैं, उन्होंने आख़िरी शब्द जो कहे थे - ज़िंदगी की सबसे बड़ी वास्तविकता मृत्यु है, जो इंसान के पैदा होने के दिन से उसका पीछा शुरू कर देती है। सबका यही हश्र है। ज़िंदगी से कोई जीवित नहीं जाने वाला। कबीर दास का दोहा गुनगुनाते दिन गुजरा।

हाड़ जले लकड़ी जले, जले जलावन हार।
कौतिकहारा भी जले, कासों करूं पुकार।।

3

क़िस्सा रस

लता मंगेशकर सिर्फ़ एहसास है, रूह से महसूस करो... आवाज़ की गरिमा का जादू, अद्भुत गहरी आवाज़, बेमिसाल आवाज़, लाजवाब आवाज़, आदर योग्य आवाज़, कोयल सी कूक, कानों में मिश्री घोलती आवाज़, आवाज़ की मलिका, सुर की देवी। इस तरह के और भी जितने विशेषण हो सकते हों, उन्हें एक जगह इकट्ठा कर तसवीर बनाइए तो वो तसवीर होगी लता मंगेशकर की। कई चीजें ऐसी होती हैं, जिनकी व्याख्या करना किसी भी भाषा के बस की बात नहीं। लता के गायन की पूरी व्याख्या करना भी भला किस भाषा की किस शैली के बस की बात है। आज़ाद भारत के आज़ाद लोगों के कानों को सुर का सारस्वत चरणामृत पिलाती एक समिट आवाज़ का जादू का नाम है - लता।

उनके बारे में कभी देश के महानतम शास्त्रीय गायक उस्ताद बड़े गुलाम अली खाँ ने स्नेहवश कहा था - 'कमबख़्त कभी बेसुरी नहीं होती।' उस्ताद आमिर ख़ान कहते थे कि 'हम शास्त्रीय संगीतकारों को जिसे पूरा करने में डेढ़ से तीन घंटे लगते हैं, लता वह तीन मिनट मे पूरा कर देती हैं।' पंडित हरि प्रसाद चौरसिया के शब्दों में - 'कभी-कभार ग़लती से ही लता जी जैसा संपूर्ण कलाकार पैदा होता है।' जब आप लता के किसी गीत को डूबकर सुनते हैं तब आपके और गीत के बीच कुछ नहीं होता है।

तुम मेरे पास होते हो गोया,
जब कोई दूसरा नहीं होता।

मोमिन के इस शेर पर ग़ालिब मोमिन को अपना पूरा दीवान देने को तैयार थे। तस्व्वुफ़ में पिरोया हुआ इश्क़े-हक़ीक़ी, इश्क़े मजाज़ी का ऐसा शेर दूसरा नहीं कहा जा सकता। प्रेम की पराकाष्ठा ईश्वरीय या दैवी अनुभूति है। यह अनल हक़ या अहं ब्रह्मास्मि जैसा अनुभव दे या तत्त्वमसी जैसा, लेकिन मौसिक़ी प्रेम की साँकरी गली में दो कभी नहीं होते - कतरा समन्दर से मिलने के बाद फ़ना हो जाता है - महबूब का सामीप्य जैसा कोई दूसरा नहीं है अब इस दुनिया में - सिर्फ़ तुम ही तुम हो - मैं भी नहीं - मैं तिरोहित हो चुका हूँ उस गीत में, जो कानों से रूह में उतरता जाता है।

कितना कहें, बस इतना काफ़ी है कि वे एक ही थीं। न दूसरी हुई है, न होगी। जब तक पृथ्वी पर जीवन है, उनकी आवाज़ भारतीय जीवन का हिस्सा रहेगी। हम ऐसे जीवन की कल्पना ही नहीं कर सकते, जिसमें उनकी आवाज़ न हो। उन्होंने हमारी आत्मा को रचा और बाँधा है। एक अद्भुत बात महान गायक कुमार गंधर्व ने कही थी - "लता की आवाज़ का सूर्य कभी अस्त नहीं होगा।"

यह संयोग पहली बार हुआ कि उन्हें 'ऐ मेरे वतन के लोगों ज़रा आँख में भर लो पानी' गाते सुनकर तत्कालीन प्रधानमंत्री पंडित नेहरु के आँसू निकल आए थे। उस अमर गीत के लेखक कवि प्रदीप की जयंती का दिन लता जी का प्रयाण दिवस हो गया। इस गीत को लिखने वाले गीतकार कवि प्रदीप का जन्म जिस तारीख़ को हुआ था, नियति ने लता जी की प्रस्थान तिथि वही निश्चित की। एक और संयोग यह रहा कि लता जी का जन्म स्थान इंदौर था तो प्रदीप जी का उज्जैन, यानी दोनों ही मालवा की माटी में जन्मे थे। भारत जिस दिन प्रदीप जी को याद करेगा, उसी दिन लता को श्रद्धांजलि अर्पित करेगा।

बचपन से उनकी आवाज़ लोगों के जीवन का हिस्सा रही है। उनके कैशोर्य और युवा जीवन में गाए प्रेम गीतों ने हमारे प्रदीप्त यौवन को जगमगाए रखा। प्रेम के दिनों में, प्रेम की भीतरी गहनता और आत्मिकता को हम जी सके तो इसमें भारत के महान कवियों के साथ फ़िल्मों के गीतकारों की भी एक भूमिका रही। उनके लिखे गीतों ने जैसे हमें अपनी भावनाओं को समझने का एक अवसर दिया। प्रेम करती स्त्री के आंतरिक भावों को हम लता जी के ज़रिए जान सके। उन्होंने अपने गीतों में, परंपरा के दबावों

में जीती और आधुनिक होती भारतीय स्त्री के जीवन को अपने गायन से एक चेहरा दिया। गुलामी के शिकंजे से निकल आधुनिक होती भारतीय स्त्री के मनोजगत में पितृ सत्ता के दबावों और उससे निकलने - न निकलने के भीतरी द्वंद्व को देखना हो तो लता के गाए गीत सर्वोत्तम शोध सामग्री हो सकते हैं।

सुरैया, नूरज़हां और शमशाद बेग़म के दौर में हिंदी फ़िल्म 'आपकी सेवा में' के एक गीत से साधारण सी शुरूआत करने वाली लता जी की आवाज़ को उस दौर के कई संगीतकारों ने यह कहकर खारिज़ कर दिया था कि उनकी आवाज़ बेहद पतली और उस दौर की किसी भी नायिका के लिए अनुपयुक्त है। अस्वीकृति और तिरस्कार के उस दौर में मधुबाला अकेली नायिका थी, जिन्हें लगता था कि लता जी की आवाज़ उनके लिए ही बनी है। उन्होंने कुछ फ़िल्में स्वीकार करने के पहले यह शर्त रखी थी कि उन्हें अपने लिए लता जी की आवाज़ से कम कुछ भी स्वीकार नहीं है। अंततः लता जी को काम भी मिला और स्वीकृति भी, लेकिन शुरुआत उन्हें नूरज़हां की आवाज़ की नक़ल से ही करनी पड़ी थी। उन्हें अपार शोहरत मिली 1949 की फ़िल्म 'महल' के कालजयी गीत 'आएगा आने वाला' से। उसके बाद जो हुआ, वह पार्श्वगायन के स्वर्णयुग का इतिहास कहलाता है। उन्होंने सिनेमा के पार्श्व गायन संगीत विधा को वह शिखर दिया है कि हिंदी सिनेमा ही नहीं, भारतीय सिनेमा का इतिहास भी उनके बगैर अधूरा और उदास लगेगा।

इस फ़ानी दुनिया में सबसे नायाब रिश्ता इंसानियत का और सबसे खूबसूरत रिश्तेदार इंसान होता है। लता का एक ऐसे ही इंसान से रिश्ता था। एक लड़का लखनऊ की गलियों में एक दुकान पर तबला हारमोनियम पर से गर्दा साफ़ करते-करते चोरी से हारमोनियम पर हाथ साफ़ करते मालिक के हाथों पकड़ाया तो मालिक ने उसे हारमोनियम सहित उस्ताद के हवाले कर दिया। वह फ़िल्मी मौसिक़ी का अमर फ़नकार बन गया। वह इतना बड़ा फ़नकार बना कि बम्बई के भिंडी बाज़ार में होने वाले मुशायरों से बदायूँ के शकील और सुल्तानपुर के मजरूह को फ़िल्मी दुनियाँ के मंच पर ले आया, जिन्होंने मिलकर भारतीयों को अनेकों अमर गीत और ग़ज़लों की सौग़ात दी, उस शख़्स का नाम नौशाद था। वह 1944 में एक संगीतमयी फ़िल्म "रतन" से हिंदी फ़िल्म उद्योग का सबसे महँगा संगीतकार बन गया। पहली फ़िल्म में संगीत देने के 64 साल बाद तक अपने फ़न का जादू बिखेरते

रहने के बावजूद नौशाद ने केवल 67 फ़िल्मों में ही संगीत दिया, लेकिन उनका कौशल इस बात की जीती जागती मिसाल है कि गुणवत्ता के सामने संख्याबल मायने नहीं रखता। अंदाज़, आन, मदर इंडिया, अनमोल घड़ी, बैजू बावरा, अमर, शारदा, कोहिनूर, उड़न खटोला, दीवाना, दिल्लगी, दर्द, दास्तान, शबाब, बाबुल, मुग़ल-ए-आज़म, दुलारी, शाहजहाँ, लीडर, संघर्ष, मेरे महबूब, साज और आवाज़, दिल दिया दर्द लिया, राम और श्याम, गंगा जमुना, आदमी, गंवार, साथी, तांगे वाला, पालकी, आईना, धर्म कांटा, पाक़ीज़ा (गुलाम मोहम्मद के साथ संयुक्त रूप से), सन ऑफ इंडिया, लव एंड गाड सहित अन्य कई फ़िल्मों में उन्होंने अपने संगीत से लोगों को झूमने पर मजबूर किया। लता जब आई, तो संगीतकार आश्वस्त हो गए कि अब वे धुनें बनाते समय, संगीत की किसी भी गहराई तक डूब सकते हैं, और अगर उनकी धुन पेचीदा भी हुई, तो भी उसमें मिठास बनी रहेगी, क्योंकि लता के लिए कुछ भी गाना असम्भव नहीं है।

बक़ौल, भारत की तीन महान फ़िल्मों "मदर इंडिया", "मुग़ले आज़म" और "बैजू बावरा" की धुनों के फ़िल्मी संगीतकार महानतम नौशाद "लता मेरे नज़दीक कैसे आईं उसकी भी एक कहानी है। सन् 1946 महीना कौन-सा था, इसकी याद नहीं। कारदार स्टूडियो में मैं एक दिन किसी को टेलीफोन कर रहा था कि एक गुनगुनाती हुई आवाज़ उधर से तैरती हुई निकल गई। इस आवाज़ में कुछ ऐसी कशिश थी कि मेरा ध्यान टेलीफोन से हटकर फ़ौरन उधर चला गया। लगा जैसे एक मीठी-सी लहर आकर मलयानिल का झोंका बहा गई हो। उसके प्रभाव से तमाम फूल खिल उठे हों, राग-रागिनियाँ बजने लगी हों। मैंने पता लगाया तो मालूम हुआ कि वह लड़की मराठी फ़िल्मों की कोई कोरस गायिका थी। मुझे यह सुनकर आश्चर्य हुआ। समझ में नहीं आया कि इतनी अच्छी आवाज़ का इस्तेमाल मात्र कोरस में किया जा रहा है? जब मैंने अपने एक सहायक से कहा कि उस लड़की को मैं अपनी किसी फ़िल्म में गाने का मौका देना चाहता हूँ तो उसकी आँखें फटी की फटी रह गई थीं। अमीरबाई, राजकुमारी, नूरजहाँ, सुरैया और शमशाद बेगम जैसी लोकप्रिय गायिकाओं के होते मात्र एक कोरस गायिका को इतना बड़ा अवसर? और आप इसे मेरी गर्वोक्ति न समझें तो शायद वह जमाना ऐसा था, जब लोग मेरी फ़िल्मों में गाना अपनी खुशकिस्मती समझते थे। लेकिन उस लड़की की आवाज़ का जादू तो मेरे सर पर सवार होकर बोल रहा था। उसी समय

मैंने भविष्यवाणी भी कर दी थी कि इस लड़की को अगर कायदे से मौका मिला तो वह बड़ी तेजी के साथ सबसे आगे निकल जाएगी और मैंने तय कर लिया कि वह मौका मैं खुद उसको दूंगा। मैंने अपने एक सहायक से कहा कि उस लड़की का पता लगाकर टेस्ट के लिए उसे मेरे पास जल्दी से जल्दी ले आए। और वह मामूली-सी लड़की जिसे मैंने तब तक देखा नहीं था, जब मेरे कमरे में आई तब मूसलधार बारिश हो रही थी और उसका पुराना छाता उस बारिश से रत्तीभर भी उसे बचा नहीं पा रहा था। फिर जब मैंने गौर से उसे देखा तो पाया कि बिलकुल मामूली-सी सादी साड़ी और चप्पलों को पहने हुए चेचक के हल्के दागों से भरे चेहरे वाली एक बिलकुल सामान्य-सी लड़की थी वह। उसने बताया कि परेल तक ट्राम से और फिर वहाँ से पैदल चलते हुए वह मेरे पास तक आई है। उसके पिता दीनानाथ मंगेशकर मराठी रंगमंच के अच्छे गायक रहे थे। शास्त्रीय संगीत की प्राथमिक शिक्षा उसने अपने पिता और शेष शिक्षा उस्ताद अमानत खाँ साहब से पाई है और अभी तक उसे सिर्फ़ एक सोलो (एकल) गाना बॉम्बे टॉकीज की फ़िल्म 'मजबूर' में गाने का असवर मिला है। 'मजबूर' के संगीत निर्देशक मास्टर गुलाम हैदर थे। उस लड़की का नाम लता मंगेशकर था। मैंने उसे कोई गाना सुनाने के लिए कहा। उसकी आवाज़ इस बार पूरी तौर पर मैंने सुनी और फिर उसे सुनता ही रह गया, अपनी सुधबुध खोकर उस आवाज़ की डोर में बंधा हुआ...।

मैंने उससे 'चाँदनी रात' में एक 'डुएट सांग' (युगल गीत) गवाने का पहले ही निश्चय कर लिया था। फिर मैंने हारमोनियम पर वह गाना गाकर सुनाया। जब उस गाने को उसने गाकर सुना दिया तो मेरे संतोष की सीमा नहीं रही। रिकॉर्डिंग के दिन मैं निश्चित ही थोड़ा चिंतित था। मुझे भय था कि कहीं वह घबरा न उठे या फिर उसमें वह इफेक्ट (प्रभाव) न आने पाए कि जिसकी मैं उम्मीद करता था। मैं प्ले-बैक बूथ में गया। वहाँ उसे अच्छी तरह समझाने की कोशिश की कि रिकॉर्डिंग थिएटर में बैठे सभी लोग उल्लू हैं और उनके बीच तुम अकेली बुद्धिमती हो। जब वह पूरी तरह निश्चिंत हो गई तो मैं रिकॉर्डिंग थिएटर में लौट आया। रिकॉर्डिंग शुरू हुई तो उसने पहली बार गाया। उस आवाज़ में गूंज थी। उसी आवाज़ को 'चाँदनी रात' की नायिका की आवाज़ से मेल खाना था। मैंने रिकॉर्डिस्ट ईशान घोष से तत्संबंध में विचार-विमर्श किया और फिर उस गाने का टेक लिया गया और उस

बार तो चमत्कार ही हो गया लता की रिकॉर्ड की हुई आवाज़ में...। और फिर 'चाँदनी रात' के निर्माता एहसान साहब ने उसे 60 रुपए का मेहनताना दिया। तब से आज तक वह मेरे साथ गाती जा रही है। मुझे मालूम नहीं कि मजबूर का वह गाना हिट हुआ था या नहीं, लेकिन 'चाँदनी रात' के बाद उसकी आवाज़ का जादू हर पल मेरी धुनों में बंधता चला गया। वैसे सच कहूं तो 'चादनी रात' से मैं लता की शुरुआत नहीं मानता। उसका सेहरा 'दुलारी' पर जाएगा, जिसे कारदार साहब ने बनाया था और 'दुलारी' के लिए उसे खासी मेहनत भी करनी पड़ी थी। उर्दू शब्दों के हिज्जे उसे याद करने पड़ते थे। इसके लिए घंटों वह मेरे पास बैठी रहती थी। एक गुरुभक्त शिष्या की तरह। और जो कुछ भी मैं उसे समझाता उसे वह ग्रहण करती जाती। जब उसने 'कौन सुने फ़रियाद हमारी' गाया तो कारदार साहब भी खड़े के खड़े रह गए थे। कुछ दिनों तक मैं कारदार स्टूडियो नहीं जा पाया। बीमार हो गया था, इससे अनुपस्थित रहना पड़ गया। पता नहीं कैसे उसे मालूम हो गया कि मैं बीमार पड़ गया हूँ। वह मेरे घर को ढूंढते-ढांढती बाँद्रा पहुँच गई। मेरा अता-पता उसे ठीक से नहीं मालूम था, तब भी दरवाज़े-दरवाज़े भटकते हुए अंततः वह मेरे यहाँ पहुँच ही गई। अपने सारे कामकाज को भूलकर वह पूरे दिन मेरे पास बैठी रही थी। उसका बार-बार यह पूछना कि 'अब कैसी तबीयत है नौशाद साहब' जैसे मेरा इलाज बनता जा रहा था। उन्हीं दिनों महबूब साहब ने 'अंदाज' बनाने की घोषणा की थी। उसकी हीरोइन नरगिस को प्ले-बैक देने के लिए पिछली परंपराओं को तोड़कर जब मैंने लता को लेने की उनसे बात कही तो हमेशा की तरह ही यह निर्णय उन्होंने मुझ पर ही छोड़ दिया। 'भई म्यूजिक के बारे में तुम्हीं जानो, मुझे क्यों परेशान करते हो, जिसे अच्छा समझो, ले लो। तुम्हारे फैसले को टालने वाला मैं कौन?' - महबूब ने मुझसे कहा था। जिस समय लता का वह गाना 'तोड़ दिया दिल मेरा' महबूब स्टूडियो में ट्रांसफर किया जा रहा था, उस समय वहाँ के रिकॉर्डिंग रूम में एक सलोना, सुंदर-सा नौजवान भी बैठा था। राजकपूर 'अंदाज' के दो नायकों में एक था। उसी समय उसने अगली फ़िल्म 'बरसात' में लता से गवाने का निश्चय भी कर लिया।

*

इंसान इस फ़ानी दुनिया में दिल से कई रिश्ते कायम करता है। खट्टे-मीठे अनुभवों से उन्हें सजाता है, और सुनाने के लिए क़िस्से छोड़ जाता है। साल 2020 में दिलीप साहब गए और अब लता बाई चल दीं। लता मंगेशकर ने साल 1942 में मराठी फ़िल्म किट्टी हसल (कितना हसोगे) के लिए पहला गाना गाया था, लेकिन ये गाना कभी रिलीज ही नहीं हुआ। इसके बाद कई बार उन्हें तिरस्कार झेलने पड़े। पिता की मौत के बाद लता मंगेशकर गाने के लिए लोकल ट्रेन में धक्के खाते स्टूडियो जाया करती थीं।

एक इंटरव्यू में लता ने बताया था, 'मैंने पिता के निधन के बाद नवयुवक फ़िल्म में हीरोइन की बहन का रोल किया था। उस समय मैं 13 साल की थी। वहाँ से मेरा फ़िल्मों में काम करने का सिलसिला शुरू हुआ। हम पाँच भाई-बहन थे और जिम्मेदारी उठानी थी। पुणे का घर भी बिक गया था और हम किराए के घर में आ गए थे।'

बकौल लता "मुंबई आने के बाद मुझे लोकल ट्रेन से ही सफ़र करना पड़ता था। यूसुफ़ भाई से मेरी मुलाकात भी ट्रेन में ही हुई थी। उस समय सभी संघर्ष कर रहे थे। कलकत्ता से आए संगीतकार अनिल विश्वास भी हमारे साथ थे। अनिल विश्वास ने दिलीप कुमार से मुझे मिलवाया और उनसे कहा कि ए लड़की बहुत अच्छा गाती है। दिलीप साहब ने पूछा, 'कहाँ की है?' उन्होंने कहा, 'मराठी है।'

दिलीप कुमार सब कुछ सुनते रहे और अचानक बोले - 'ये मराठी हैं तो इनके तलफ़्फ़ुज़ (उच्चारण) कैसे होंगे?'

लता ने एक पुस्तक में लिखा है, "यूसुफ़ भाई की उस टिप्पणी से शुरुआत में तो मुझे अफ़सोस हुआ। लेकिन मैंने टिप्पणी पर विचार किया और मुझे एहसास हुआ कि वह सही थे और उन्होंने इसे मेरे उच्चारण में सुधार करने के इरादे से कहा था। इसने मुझे हिंदी और उर्दू भाषा में उच्चारण की शुद्धता की तलाश को प्रेरित किया। उन्होंने बेहद सच कहा कि जो गायक उर्दू भाषा से परिचित नहीं थे, वे उर्दू के शब्दों के उच्चारण में हमेशा फ़ंस जाते हैं और इससे श्रोताओं का मजा ख़राब हो जाता है।" वह घर गईं और एक पारिवारिक मित्र को बुलाया और तत्काल उर्दू सीखने की इच्छा जताई और फिर एक विद्वान मौलाना से उर्दू सीखना शुरू किया।

लता उस समय को याद करते हुए आगे कहती हैं, 'मैंने घर आकर उर्दू सीखने और पढ़ने का फ़ैसला किया। मेरे एक शफ़ीक करके भाई थे। मैंने उनसे उर्दू ज़ुबान की जानकारी लेकर उर्दू पढ़ना शुरू किया, फिर हिंदी पढ़ी और देखते ही देखते सबकुछ सीख गई।' इसके बाद प्रायः सभी उर्दू शायरों और संगीतकारों की पहली पसंद लता बन गईं। इससे पता चलता है कि जिस जमाने में मुबारक़ बेग़म, गीता दत्त, सुमन कल्याणपुर, सुधा मल्होत्रा गायिकाएँ गुमनामी की गर्त में जा रही थीं, लता एक कुशल पेशेवर गायिका के तौर पर उभरने को उर्दू और हिंदी सीख रही थीं। वो जानती थीं कि हिंदुस्तानियों के दिल पर राज करना है तो मंज़िल की राह हिंदी और उर्दू चौराहों से होकर ही गुजरती है। बाद में वे रास्ते भले ही मराठी, गुजराती, बंगाली, पंजाबी गली-कूचों में जाकर खुलें।

दिलीप कुमार बॉलीवुड के एक ऐसे अभिनेता थे, जिन्हें फ़िल्म जगत में ट्रेजेडी किंग के नाम से भी जाना जाता था। फ़िल्म 'ज्वारभाटा' से अपने करियर की शुरुआत करने वाले दिलीप कुमार ने कई सुपरहिट फ़िल्में दीं। दिलीप कुमार लता मंगेशकर का एक बहुत ही खास रिश्ता था। दरअसल, दिलीप कुमार लता मंगेशकर को अपनी छोटी बहन की तरह मानते थे। लता मंगेशकर दिलीप कुमार को राखी बाँधती थीं। लेकिन एक समय ऐसा आया, जब इन दोनों ने एक-दूसरे से बातचीत करना पूरी तरह से बंद कर दिया था।

मीडिया में छपी रिपोर्ट्र्स के मुताबिक़ इन दोनों के बीच मतभेद तब चालू हुआ, जब सलिल चौधरी ने फ़िल्म 'मुसाफ़िर' के गाने 'लागी नाहीं छूटे' को गाने के लिए लता मंगेशकर के साथ दिलीप कुमार को चुना। दरअसल, जब लता मंगेशकर को ये पता चला कि फ़िल्म में उनके साथ गाना दिलीप कुमार गाने वाले हैं तो वो इस बात को लेकर सोच में पड़ गईं कि क्या दिलीप कुमार गाना गा पाएँगे। लागी छूटे ना... को सलिल चौधरी ने कंपोज किया था। उधर दिलीप कुमार ने भी इस गाने के लिए सितार के साथ धुन मिलाकर गाने का पूरा-पूरा रियाज़ किया।

दिलीप कुमार ने गाने का रियाज़ तो खूब किया, लेकिन जब इस गाने को रिकॉर्ड करने की बारी आई तो वो थोड़ा घबराने लगे। दरअसल, दिलीप कुमार की ये घबराहट लता मंगेशकर को देखकर थी, क्योंकि वो काफ़ी अच्छी गायिका बन चुकी थीं। दिलीप कुमार की घबराहट को दूर करने के

लिए सलिल चौधरी ने उन्हें थोड़ी ब्रांडी पिला दी। ब्रांडी पीने के बाद दिलीप कुमार ने लता मंगेशकर के साथ गाना तो गाया, लेकिन रिकॉर्डिंग के दौरान उनकी आवाज़ लता मंगेशकर की आवाज़ के सामने काफ़ी कमजोर लगी।

दिलीप साहब की आवाज़ पर बात करते हुए लता कहती हैं, "वे बहुत अच्छा गाते हैं, लेकिन पहली बार माइक पकड़ कर काफ़ी घबरा गए थे। महबूब स्टूडियो में फ़िल्म मुसाफ़िर के गाने की रेकॉर्डिंग चल रही थी। वे माइक लेते ही घबरा से गए, तब सलिल चौधरी ने उनसे कहा, तुम घबराओ नहीं यूसुफ़ आँखें बंद कर गाना गाओ। उन्होंने प्रैक्टिस के तौर पर एक क्लॉसिकल गाना शुरू किया। दिलीप भईया की आँखें बंद थी और वे क्लॉसिकल गाना गाए जा रहे थे। ऐसे में सलिल जी बार-बार उन्हें रुकने का इशारा कर रहे थे, लेकिन वे नहीं रुके। बाद में उन्हें सलिल साहब ने आकर कहा कि इस गाने को जाने देते हैं, पहले तुम फ़िल्म का गाना गाओ। लागी छूटे नहीं रामा चाहे जिया जाए, गाना दिलीप जी ने गाया था।"

उस समय दिलीप साहब का आफ़ताब भी उरूज़ पर चढ़ चुका था। इस रिकॉर्डिंग के बाद से ही दिलीप कुमार और लता मंगेशकर के बीच ये मतभेद शुरू हुआ, जोकि लंबे समय तक चला। असल में दिलीप कुमार पठान को गायकी में खुद की कमतरी खल गई थी। जबकि लता ने हिंदी उर्दू न जानने की कमतरी को सही अन्दाज़ में लेकर उसे ठीक किया था। शायद यही फ़र्क़ होता है औरत और मर्द में। 1970 में जब इनके बीच मनमुटाव की ऐंठन ढीली पड़ी तो लता मंगेशकर ने एक बार फिर से दिलीप कुमार को राखी बाँधना शुरू की।

एक और दिलचस्प किस्सा शेयर करते हुए लता कहती हैं, "दिलीप साहब में ग़ज़ब ही हिम्मत थी। एक बार मुझ पर और दिलीप भईया पर एक प्रोड्यूसर ने आरोप लगाया कि हम प्रोड्यूसर से ब्लैक मनी लेते हैं। उस प्रोड्यूसर ने मुझ पर 600 रुपए, दिलीप भईया पर 1,000 और एक और कलाकार पर भी 600 रुपए ब्लैक मनी लेने का आरोप लगाया था। उस दौर में 600 रुपए भी बहुत बड़ी रकम हुआ करती थी। यह बात दिलीप साहब को खल गई। उन्होंने मामले को कोर्ट ले जाने का फ़ैसला किया। उन्होंने इस केस को खुद वकील बनकर लड़ने की ठान ली थी। दिलीप साहब ने कोर्ट से एक महीने का वक्त माँगा। इस दौरान उन्होंने वकालत की तमाम किताबें

पढ़ीं और केस लड़ा। एक दिन मुझे फ़ोन कर कहा कि तुम मस्त रहो मेरी बहना, हम लोग केस जीत गए हैं।"

लता कहती हैं, उन्होंने मुझे अपनी छोटी बहन बना लिया था। मैं उन्हें राखी बाँधा करती थी। कई बार वे मुझसे आकर कहते थे कि कुछ ज़रूरत हो, तो मुझे बताना। मैं उनके ज्ञान व उर्दू की कायल थी। कई बार लोग उनसे मिलकर हैरान हो जाते थे कि इंडस्ट्री में ऐसे भी कलाकार हैं। एक बार की बात है, लंदन में शो के दौरान दिलीप साहब ने मेरी तारीफ़ में इतने अच्छे अल्फ़ाज़ कहे कि पूरा हॉल तालियों से गूंज उठा। महान अभिनेता दिलीप कुमार ने कहा था – 'जिस तरह फूल की ख़ुशबू का कोई रंग नहीं होता, जिस तरह पानी के झरनों और ठंडी हवाओं का कोई घर, कोई देश नहीं होता, जिस तरह उभरते सूरज की किरणों या किसी मासूम बच्चे की मुस्कराहट का कोई मज़हब नहीं होता, वैसे ही लता जी की आवाज़ क़ुदरत की तख़्लीक़ का एक करिश्मा है।'

*

इस जहाँ में असली हो या नक़ली मुहब्बत की तासीर ही कुछ ऐसी होती है कि अनबन के बग़ैर गीतों की मुहब्बत भी पूरी नहीं होती। दुनियावी महफ़िल में जितने प्रेम युगल गीत लता-रफ़ी ने गाए थे, किसी युगल ने नहीं गाए। लता थीं ठेठ पेशेवर गायिका और रफ़ी साहिब ठहरे पेशावरी संत स्वभाव के। अब पेशेवराना अन्दाज़ और संत में कुछ तो होना ही था। जिनके गीतों पर राजकपूर-नरगिस लहरा रहे थे। उनकी लहरों पर अनबन का पहरा हो गया। रफ़ी साहब फक्कड़ मिज़ाज थे। एक बार विदेश यात्रा पर उनके किसी साज़िंदे ने होटल के कमरे में रक़म की गुहार की तो उन्होंने जेब से मुट्ठा भर पाँड स्टर्लिंग निकाल साज़िंदे के हाथ में थमा दिए। इतने में उनके लेन-देन का हिसाब रखने वाले मैनेजर साहिब कमरे में दाखिल हुए। उन्होंने साज़िंदे से रक़म वापस ली, उसका हिसाब-किताब जाँचा और पावती लेकर उसे रक़म दी। भोले-भाले रफ़ी साहब बच्चों जैसे लुभावने अन्दाज़ से दोनों कारोबारियों को देखते रहे।

लता-रफ़ी की जोड़ी ने हिंदी सिनेमा को सैकड़ों अमर गीतों की सौगात दी है। अपनी विनम्रता और मृदु स्वभाव के लिए पहचाने जाने वाले रफ़ी

साहब के साथ गाना ही नहीं, बोल-चाल तक लता जी ने बंद कर दी थी, क्योंकि रफ़ी साहब ने गानों पर रॉयल्टी की उनकी माँग का समर्थन नहीं किया। युगल गीतों पर रॉयल्टी भुगतान के मुद्दे पर लता मंगेशकर और मोहम्मद रफ़ी के बीच अनबन हो गई। अपनी तमाम विशिष्ठताओं के बावज़ूद आख़िर लता जी भी हमारी तरह ज़िद्दी इन्सान थीं। शोषण और अन्याय के ख़िलाफ़ मैदान में अडिग रहना उनकी फ़ितरत थी। अगर वे दशकों तक ऐसा कर सकीं तो इसकी वज़ह स्वर्णयुग में फ़िल्म राजनीति से ज़्यादा उनकी गायन प्रतिभा का वह विस्फोट ही रहा होगा, जो उनके पहले या उनके बाद फिर कभी देखने को नहीं मिला।

यह बात मोहम्मद रफ़ी की पुत्रवधु यास्मिन खालीद रफ़ी की किताब 'मोहम्मद रफ़ी : मेरे अब्बा... एक संस्मरण' में उल्लिखित है। किताब में यास्मिन ने लिखा, '1960 के दशक के शुरुआत में एक ऐसा भी दौर आया, जब लता मंगेशकर ने मोहम्मद रफ़ी के साथ युगल गीत गाना बंद कर दिया था। दोनों के बीच उनकी ओर से गाए जा रहे गानों पर रॉयल्टी के भुगतान पर मतभेद उत्पन्न हो गए थे। लता रॉयल्टी का भुगतान किए जाने के पक्ष में थीं और इस विषय को निर्माताओं के समक्ष भी उठाया और अड़ गईं।

1960 का दशक आते-आते लता मंगेशकर का बतौर गायिका रुतबा बहुत बढ़ गया था। हर संगीतकार उन्हें ही अपने गाने में लेना चाहता था। तब तक संगीत कंपनियाँ संगीतकारों को रॉयल्टी देना शुरू कर चुकी थीं, लेकिन गायकों के लिए ऐसा नहीं था। नतीजतन, संगीतकार हर साल हजारों रुपए की रॉयल्टी कमाते, लेकिन गायकों को एक पैसा भी नसीब नहीं होता था। इस पर लता मंगेशकर ने मुहिम छेड़ दी कि यदि संगीतकारों को रॉयल्टी मिलेगी तो गायकों को भी रॉयल्टी मिलनी ही चाहिए। बात भी दुरुस्त थी। तुम जिनके नाम से कमाओ उन्हें ठेंगा दिखाओ, नहीं चलेगा। उन्हें उम्मीद थी कि इस विषय पर रफ़ी उनका समर्थन करेंगे, लेकिन ऐसा नहीं हुआ। रफ़ी का कहना था कि हम कला के पुजारी हैं, हमें रॉयल्टी से क्या मतलब? लता का कहना था कि "पुजारी होने का मतलब भिखारी हो जाना नहीं है।" संगीतकार भी कला के पुजारी हैं, यदि उनको तो हमको भी मिलना चाहिए।

लता ने बताया था कि "मैंने, मुकेश भैया ने और तलत महमूद ने एसोसिएशन बनाई और रिकॉर्डिंग कंपनी एचएमवी और प्रोड्यूसर्स से माँग की कि गायकों को गानों के लिए रॉयल्टी मिलनी चाहिए। लेकिन हमारी माँग पर कोई सुनवाई नहीं हुई, तो हमने एचएमवी के लिए रिकॉर्ड करना ही बंद कर दिया। तब कुछ निर्माताओं और रिकॉर्डिंग कंपनी ने रफ़ी साहब को समझाया कि ये गायक क्यों झगड़े पर उतारू हैं। गाने के लिए जब पैसा मिलता है तो रॉयल्टी क्यों माँगी जा रही है। रफ़ी भैया बड़े भोले थे। उन्होंने कहा, "मुझे रॉयल्टी नहीं चाहिए।" उनके इस कदम से हम सभी गायकों की मुहिम को धक्का पहुँचा।

इसके बाद लता मंगेशकर एक बार फिर रॉयल्टी को लेकर भिड़ गईं और इस बार सामने थे, राजकपूर। एक इंटरव्यू में लता ने बताया था कि राजकपूर संग रॉयल्टी को लेकर झगड़ा हुआ था। मैंने उन्हें कहा था कि मैं रॉयल्टी लेती हूँ, तो राजकपूर ने कहा कि हम रॉयल्टी नहीं देते। फिर लता जी ने कहा कि मैं तो लेती हूँ, साथ ही एक प्रॉडयूसर का नाम भी ले दिया, जिन्होंने रॉयल्टी का भुगतान किया था। इस पर राजकपूर ने कहा कि आप उनकी तुलना राजकपूर से कर रही हैं, मैं राजकपूर हूँ। तो लता ने कहा था, 'मैं यहाँ बिजनेस करने नहीं आई हूँ, मैं गाने आई हूँ। मेरे लिए वह भी उतने ही बड़े हैं, जितने आप। आप राजकपूर हैं तो मैं भी लता मंगेशकर हूँ। राजकपूर रॉयल्टी देने के लिए नहीं माने और लता जी गाने के लिए नहीं मानीं। इसके बाद जब राजकपूर ने एक दो फ़िल्में की लेकिन बात नहीं जमने पर वह फिर से लता के पास आए और रॉयल्टी दी। बुजुर्गों से सुना था कि सरस्वती और लक्ष्मी साथ नहीं रहतीं, लेकिन लताजी को देखिए। लोग भी न अपनी कमतरी को देवियों के मत्थे मढ देते हैं।

इसके बाद 1963 से लता और मोहम्मद रफ़ी 3-4 साल तक साथ में नहीं आए। इस अवधि में लता ने महेंद्र कपूर के साथ गाना शुरू किया, जबकि सुमन कल्याणपुरी ने रफ़ी के साथ गाना शुरू किया। बाद में संगीतकार जयकिशन के कहने पर रफ़ी साहब ने एक चिट्ठी लिख कर लता से माफ़ी माँग कर मामला खत्म करने के लिए कहा। 1967 में संगीतकार एसडी बर्मन के लिए एक संगीत समारोह में दोनों कलाकारों ने स्टेज पर फिर से साथ में गाना गाया। तब तक लता लड़ाई जीत चुकी थीं। लता जी की रॉयल्टी को लेकर छेड़ी गई लड़ाई की बदौलत ही अब गायकों और गीतकारों दोनों को

रॉयल्टी मिलती है, जो उनकी मोटी कमाई का अहम जरिया है। शोषण की ग़लत धारणा के सामने झुकना लता के स्वभाव में नहीं था।

*

हर पुरुष में स्त्रैण तत्व और हर स्त्री में पुरुषत्व अनिवार्यतः होता है। प्रकृति के नियम अनुसार प्रधान तत्व विरोधी तत्व की तरफ़ आकर्षित होना जीव की स्वाभाविक प्रक्रिया है। लता जी भी इंसानी जिस्म में पैबंद रूह थीं। उनमें भी इंसानी जज़्बात का समुंदर लहरें मारता था। पार्श्व गायन में प्रयोगों का आरम्भ कुंदन लाल सहगल से हुआ था। चालीस के दशक में उनकी धूम मची थी। वे अपने कैशोर्य में स्त्रैण प्रधान गुणी कुंदन लाल सहगल की गायकी से प्रभावित होकर उनसे मिले बग़ैर भावनात्मक स्तर पर जुड़ाव महसूस करने लगीं थीं। उस समय लता बहुत छोटी थीं।

के.एल.सहगल को शारब की लत लग जाने के कारण उनका लिवर ख़राब हो गया, जिसके चलते 18 जनवरी, 1947 को केवल 43 वर्ष की उम्र में ही वे इस संसार को अलविदा कह गए। तब तक लता को कोई पहचानता भी नहीं था। लता सहगल की बड़ी भक्त थीं। वह चाहती थीं कि सहगल की कोई निशानी उनके पास हो। वह उनका स्केल चेंजर हारमोनियम अपने पास रखना चाहती थीं, पर सहगल की बेटी ने उसे अपने पास रखते हुए सहगल की रतन जड़ी अंगूठी लता को भेंट की थी।

ज़िंदगी जीने की कला ऊबड़ खाबड़ रास्तों को पसंद करती है। सपाट ज़िंदगी में रस माधुर्य आ नहीं पाता। संगीत पैदा करने के लिए तबला पर थपकी नुमा चोट की दरकार होती है। बिना चोट स्वर नहीं निकलता। उसके लिए पीड़ा का गहरा अहसास ज़रूरी है। दर्द के बिना इंसान पूरा नहीं होता है। लता ने वह दर्द भी खूब जिया।

कुछ मुद्दों को लेकर उनकी राजकपूर, शंकर जयकिशन, चितलकर रामचंद्र, मुहम्मद रफ़ी, संगीतकार ओ.पी.नैयर से तकरार हुई, और खूब हुई। पुरुष प्रधान मूल्यों के सामने लता का पुरुषत्व कमजोर नहीं पड़ा। उन्होंने अपनी शर्तों पर काम किया।

मुग़ल-ए-आज़म दस सालों तक बन रही थी तब दो मुहब्बतें मायूसी के गिलाफ़ में खून के आँसू रो रही थीं। दो मुहब्बतों के चार किरदारों की

का हिमालय रखा था। शादी न होने के बाद भी दोनों ने एक-दूसरे का साथ दिया था। कई चैरिटी में साथ काम किया था। हालाँकि दोनों की मोहब्बत केवल याद बनकर रह गई है। 12 सितंबर, 2009 को राज सिंह डूंगरपुर का निधन हो गया।

नौशाद साहब ने लता के अंदर दर्दिली तड़प के बारे में एक क़िस्सा सुनाया था। बैजू बावरा के एक गीत की रिकार्डिंग के बारे में नौशाद साहब फ़रमाते हैं - "बैजू बावरा' के गीत 'मोहे भूल गए सांवरिया' की रिकॉर्डिंग के समय की बात है। रिकॉर्डिंग हॉल में संगीतकारों और उनके वाद्य यंत्रों की जाँच कर जैसे ही मैं रिकॉर्डिस्ट के कमरे में पहुँचा, वैसे ही साइलेंट की आवाज़ के साथ वाद्य यंत्र बजने लगे। रात का आलम था, चारों ओर पूरा सन्नाटा। फिर साइलेंट के निर्देश ने तो उस सन्नाटे को और भी गहरा कर डाला। प्ले-बैक कक्ष में लता का गाना 'मोहे भूल गए सांवरिया' शुरू हुआ। दो या तीन लाइनें चली होंगी कि एकाएक उसकी आवाज़ आनी बंद हो गई। वाद्य यंत्रों के पीस की आवाज़ें बाकायदे सुनाई पड़ रही थीं, सिर्फ़ लता की आवाज़ का अभाव था। रिकॉर्डिस्ट ने अपने यंत्र का मुआयना किया तो उसका कनेक्शन पूरी तरह ठीक निकला। यह देखकर मैं प्ले-बैक कक्ष में पहुँचा तो हक्का-बक्क रह गया। लता की आवाज़ बंद थी और उसकी आँखों से झर-झर आँसू बह रहे थे। साथ ही जोरों की हिचकी। मैंने उसे संभालते हुए सांत्वना के स्वरों में उससे पूछा - 'क्या बात हो गई, रो क्यों रही हो? नौशाद साहब, यह धुन और गीत ही रुला देने वाले हैं। कितना दर्द, कितना विरह भरा हुआ है इनमें - उसने जवाब दिया था। फिर बड़ी मुश्किल से वह अपनी सामान्य अवस्था में पहुँच पाई और उसके पूरी तरह ठीक हो जाने के बाद ही वह गीत रिकॉर्ड हो पाया। मुझे नहीं मालूम कि उस धुन या उसके बोलों में वाकई इतना दर्द था या नहीं, लेकिन लता की आवाज़ में जो दर्द था, उसने सचमुच मुझमें कंपकंपी पैदा कर दी थी। 'बैजू बावरा' की उस आवाज़ ने मेरी तरह शायद उसके लाखों श्रोताओं को भी रुला दिया होगा, इस बात में मुझे कोई शक़ नहीं। लता की आवाज़ में सचमुच वह जादू है, जो सुनने वाले के अंतर्मन में एकदम से घर कर लेता है। वह मेरे साथ एक लंबे अरसे से काम कर रही है और शायद मेरी कोई भी ऐसी फ़िल्म नहीं होगी, जिसमें उसने गाया न हो।"

4

विवादों के साये

मनुष्य का जीवन पहले पूरी तरह उन्मुक्त था। जीव, जंगल, ज़मीन, भूख, नींद, सृजन के विस्तार में जैसा चाहो जी लो। जब सिद्धांत, संस्था, मर्यादा, मालिकाना हक़ ने जीवन को कसना शुरू किया तो मनुष्य द्वन्द और विवाद में फँसने लगा। उसने अपने अंदर एक भावनात्मक सुरक्षा कवच बनाना शुरू किया। अब जीवन बिना विवाद और द्वन्द के असम्भव सा हो गया है। द्वंद्वात्मक विवाद और मनमुटाव में अंतर होता है। मनमुटाव एक थोड़े समय का अलगाव होता है, जबकि विवाद बहुत लम्बा खिंचता है। कभी-कभी पूरी ज़िंदगी ख़त्म नहीं होता। लता की ज़िंदगी में भी दोनों आते-जाते रहे। जिनकी जड़ में कोई सिद्धांत जैसे धन या समय या व्यवहार था। कोई दुर्भावना नहीं थी, इसलिए उनके विवाद समय के साथ सुलझते चले गए। विवादों के क़िस्से बाद में पहले उनकी मनोवैज्ञानिक पृष्ठभूमि की पड़ताल कर लें।

पंडित दीनानाथ का जन्म 29 दिसम्बर, 1900 को पुर्तगाली भारत के मंगेशी नामक स्थान में हुआ था। लता की परदादी येशुबाई मंगेशी मंदिर में देवदासी थी, और दादा पुजारी थे। दीनानाथ का पहला विवाह नर्मदा नाम की एक उन्नीस वर्षीय गुजराती कन्या से इक्कीस साल की उम्र में हुआ था। जिससे एक बेटी हुई, परंतु पत्नी और बेटी दोनों चल बसीं। उनका दूसरा विवाह पहली पत्नी की छोटी बहन सेवंती से 1927 में हुआ था। उस समय गोवा में हुक्मरान बहुत बड़े स्तर पर हिंदुओं को ईसाई बनाने पर आमादा थे। इसलिए हिंदू गोवा से पलायन कर रहे थे। दीनानाथ भी परिवार सहित महाराष्ट्र के सांगली चले आए।

उनका उपनाम हार्डीकर था, जिसे बदल कर उन्होंने मंगेशकर कर लिया। वे गोआ में मंगेशी के रहने वाले थे और इसके आधार पर उन्होंने अपना नया उपनाम मंगेशकर कर लिया। इसकी भी एक कहानी है। महाराष्ट्रियन चितपावन ब्राह्मण अपने उपनाम के साथ "कर" लगाते हैं लेकिन सभी नहीं लगाते। इसकी शुरुआत बालाजी विश्वनाथ के पेशवा बनने के बाद से हुई।

पेशवा बालाजी विश्वनाथ का जन्म कोकड़ प्रदेश स्थित श्रीवर्धन गाँव के चितपावन ब्राह्मण के भट्ट परिवार में 1662 में हुआ था। यह गाँव जंजीरा के अरेबियन सिद्दियों के शासन के अंतर्गत था। वहाँ भी इस्लामीकरण का दौर चल रहा था। उनसे शत्रुता हो जाने के कारण बालाजी विश्वनाथ अपने परिवार सहित महाराष्ट्र चले गए। बालाजी विश्वनाथ ने मराठा सेनानायक धनाजी जाधव के यहाँ नौकरी कर ली और 1699 से 1708 के बीच धनाजी के तरफ़ से दौलताबाद के सूबेदार रहे। इसी पद पर काम करते हुए वे साहू जी के संपर्क में आए। जिन्हें उन दिनों औरंगजेब ने अहमदनगर में नजरबंद करके रखा था। खेड़ के युद्ध में बालाजी के कहने पर सेनापति धनाजी ने शाहू जी और ताराबाई के सत्ता संघर्ष में शाहू जी का साथ दिया था। बालाजी विश्वनाथ भी शाहू जी के साथ आ गए और मरते दम तक निष्ठा पूर्वक सेवा करते रहे। जून, 1708 में सेनापति धनाजी जाधव की मृत्यु हो गई। शाहू जी ने धनाजी के पुत्र चन्द्रसेन को मराठा सेनापति बना दिया था। लेकिन वह गुप्त रूप से ताराबाई के संपर्क में था। इसलिए शाहू जी ने 1708 में उसे हटाकर बालाजी विश्वनाथ को सेनानायक के पद पर नियुक्त कर दिया।

बालाजी विश्वनाथ के मराठा सेनानायक बनते ही महाराष्ट्र-गोवा सीमा पर बसे मुस्लिम आतंक से त्रस्त सैकड़ों चितपावन परिवार मराठा सेना में भर्ती हुए। उनके नाम और उपनाम लगभग एक जैसे होते थे। इसलिए बालाजी ने उन्हें उनके गाँव के नाम से पुकारना शुरू किया। जैसे मंगेश गाँव के सैनिक को मंगेशकर (मंगेश गाँव का कार्य करने वाला) पुकारा। धीरे-धीरे चितलकर, सावरकर, तेंदुलकर जैसे कई उपनाम चलन में आ गए। मंगेशकर परिवार की सावरकर परिवार से घनिष्ठता थी। इसी कारण लता भारतीय राष्ट्रवादी धारणा की प्रबल समर्थक रहीं। उनका भारतीय राष्ट्रवादी दृष्टिकोण नरेंद्र मोदी से स्नेह बंधन का बिंदु रहा है।

मंगेशी छोड़ने के बाद परिवार का कहीं ठिकाना नहीं जम रहा था। कभी सांगली, कभी ग्वालियर, कभी इंदौर और कभी पूना भटक रहे थे। इंदौर में 1929 में लता, सांगली में 1931 में मीना, 1933 में आशा और 1935 में हृदय नाथ का जन्म हुआ। लता के जन्म के समय उनका नाम हेमा रखा गया था, जिसे बदल कर लता कर दिया गया। यह नाम दीनानाथ को अपने नाटक 'भावबंधन' के एक महिला किरदार लतिका के नाम से सूझा। इस दौरान परिवार की आर्थिक हालत बहुत दयनीय थी। दुनिया 1929 की भयानक आर्थिक मंदी से पहले ही त्रस्त थी। दूसरा विश्वयुद्ध (1939-43) चल रहा था, साथ में भारत छोड़ो आंदोलन की अस्तव्यस्तता। ऐसे में देश ही नहीं दुनिया की आर्थिक हालत ख़राब थी। इंग्लैंड खुद कंगाली के कगार पर था। यूरोप की बर्बादी पर अमेरिका विश्व शक्ति के रूप में उभर रहा था। वैसे भी युद्ध कालीन वातावरण में कला को भला कौन पूछता है। फ़िल्मी दुनिया कलकत्ता से मुंबई पूरी तरह नहीं आई थी। कुछ मराठी फ़िल्में पूना में बनती थीं। युद्ध के ब्लैक आउट के कारण रात में फ़िल्म या नौटंकी या नाटक पर प्रतिबंध था। हताश दीनानाथ शराब की गिरफ़्त में आ गए और 1942 में 41 वर्ष की उम्र में उनकी मृत्यु हो गई। उस समय परिवार पूना में था। घर की सारी जिम्मेदारी तेरह वर्षीय लता के कंधों पर आ गई। छोटा भाई मात्र छह साल का था।

बचपन से ही लता को घर में गीत-संगीत और कला का माहौल मिला और वे उसी ओर आकर्षित हुईं। पाँच वर्ष की उम्र से ही लता को उनके पिता संगीत का पाठ पढ़ाने लगे। उनके पिता के नाटकों में लता अभिनय भी करने लगीं। लता शुरू से ही अन्याय के प्रति कठोर स्वभाव की रही थीं। लता को स्कूल भी भेजा गया, लेकिन पहले ही दिन उनकी टीचर से अनबन हो गई। लता अपने साथ अपनी छोटी बहन आशा को भी स्कूल ले गई थीं। टीचर ने आशा को कक्षा में बैठने की अनुमति नहीं दी, इससे लता को गुस्सा आ गया और वे फिर कभी स्कूल नहीं गईं।

लता और आशा के प्रतिस्पर्धात्मक द्वन्द की कहानी लम्बी चली। प्रतिस्पर्धा विकास की उत्प्रेरक होती है। पहली प्रतिस्पर्धा भाई-बहनों से ही सीखना आरम्भ होती है। बहन-बहन में एक स्वाभाविक प्रतिस्पर्धा रहती है। प्रेम और घृणा एक ही सिक्के के दो पहलू हैं। उसी तरह स्नेह और ईर्षा का भी कुछ इसी तरह का रिश्ता होता है। साधारणतः जिससे स्नेह होता है

उसी से ईर्षा भी होती है। बिना स्नेह के ईर्षा नहीं हो सकती। जैसे बिना रात के दिन नहीं हो सकता। बिना सुबह के शाम नहीं हो सकती। लता का उससे तीन साल छोटी आशा पर नियंत्रण खोता जा रहा था। आशा भी लता की उपलब्धियों से आहत ईर्षावश वही कार्य करती थी, जिससे लता को तकलीफ़ हो।

अक्सर सफ़ेद साड़ी में नजर आने वाली लता ने विवादों से हमेशा अपने आपको दूर रखने की कोशिश की, लेकिन पूरी ज़िंदगी विवादों से जूझती रहीं। सचिन देव बर्मन से एक बार उनका मनमुटाव हो गया था और दोनों ने पाँच साल तक साथ काम नहीं किया। इसी तरह मोहम्मद रफ़ी और लता गीतों की रॉयल्टी पर एकमत नहीं हो सके और उन्होंने भी कुछ समय साथ नहीं गाया। सी. रामचंद्र और ओपी नैयर से उनका छोटा-मोटा विवाद रहा। हालाँकि इन्हें विवाद की बजाय मनमुटाव कहना ही ठीक होगा जो कि आमतौर पर साथ में काम करने वालों के बीच हो जाता है। बचपन से दुख झेलती आईं लता के अंदर एक लावा था, जो कभी-कभी ज्वालामुखी की तरह फूट पड़ता था। उस समय जो भी सामने आए झुलसने से नहीं बच पाता था। वही सुप्त ज्वालामुखी आशा की उन्मुक्त हरकतों से अक्सर फूटता था।

आशा भोंसले भी बचपन से संगीत प्रेमी थी। उनकी आवाज़ और गायकी से लोग प्रभावित थे, ऐसे में लताजी की उम्मीद उनसे बढ़ गई थी। बड़ी बहन चाहती थीं कि आशा भी परिवार की जिम्मेदारी संभालने में उनकी मदद करें, पर आशा स्वछंद विचारधारा को पसंद करती थी, नियम-कायदों की पाबंदी में नहीं रहना चाहती थी। आशा ने बड़ी बहन की मर्जी के खिलाफ लता के सहयोगी गणपत राव भोंसले से प्रेम सम्बंध बना कर लता की आपत्ति के बावजूद शादी कर ली। उस समय उनकी उम्र महज 16 साल थी, वहीं गणपतराव की उम्र उस समय आशा से तकरीबन दुगुनी थी। शादी के बाद उनका नाम आशा भोंसले हो गया।

एक इंटरव्यू में आशा भोंसले ने बताया था कि उनकी बड़ी बहन लताजी ने गणपत के साथ उनके रिश्ते को मंजूरी नहीं दी थी। वहीं आशा के गणपतराव से शादी कर लेने के बाद दोनों के बीच काफ़ी दूरी आ गई और काफ़ी समय तक दोनों के बीच बातचीत भी बंद हो गई थी। आशा भोंसले ने उस वक्त अपने परिवार से सभी संबंध तोड़ लिए थे। लता भी एक

साक्षात्कार में ये बात कह चुकी थी कि उन्हें लगता था कि ये संबंध उनकी छोटी बहन के लिए ठीक नहीं होगा। लताजी के आशंका के मुताबिक हुआ भी कुछ ऐसा, आशा भोंसले और गणपतराव की शादी के बाद तीन बच्चे हुए, लेकिन आखिरकार ये शादी टूट गई। दोनों अलग हो गए, इसके बहुत बाद आशा भोंसले की राहुलदेव बर्मन से मुलाक़ात हुई।

एक बार मशहूर कवयित्री अमृता प्रीतम ने अपने प्रेमी इमरोज़ को ख़त लिखकर कहा था, "मेरे कहने से ग्रामोफ़ोन पर बर्मन की आवाज़ में ये गाना सुनना, सुन मेरे बंधु रे... सुन मेरे मितवा रे... और फिर मुझे बताना कि वो लोग कैसे होते हैं, जिन्हें कोई इस तरह आवाज़ देता है..."

राहुलदेव बर्मन के पिता सचिन देव बर्मन एक गुणी संगीतकार, परंतु तुनक मिज़ाज व्यक्ति थे। इसी तुनक मिज़ाजी से कलाकारों से उनकी भिड़ंत होती रहती थी। मूडी जीनियस सचिन देव बर्मन बहुत ही मनमौजी व्यक्तित्व थे। उनका संगीत ही उनका जीवन था। उन्होंने एक साथ कई फ़िल्मों में काम किया, और हिंदी सिनेमा के स्वर्णयुग (1950 से 1971) के दौरान सर्वकालिक लोकप्रिय फ़िल्में दीं।

बर्मन दा के करियर में 1958-63 में एक कालखंड है, जब लताजी पूरी तरह से बर्मन दा के संगीत से गायब हो गईं। इस अवधि की महत्वपूर्ण फ़िल्में जैसे लाजवंती, काला पानी, कागज के फूल, सुजाता, इंसान जाग उठा, बेवकूफ़, मिया बीवी राज़ी, मंजिल, काला बाजार, एक के बाद एक, बम्बई का बाबू, अपना हाथ जगन्नाथ और नॉटी बॉय बर्मन दा ने लता के बिना की थीं। वह अलगाव भी तुनकमिज़ाजी से उपजा था।

अमृता प्रीतम ही नहीं, ऐसे अनगिनत लोग हैं, जो सचिन दा के गायन और संगीत के कायल और मुरीद हैं। बर्मन की तरह त्रिपुरा के राज घराने से खगेश देव बर्मन ने एक किताब लिखी है - "एस डी बर्मन- द वर्ल्ड ऑफ़ हिज़ म्यूज़िक"। खगेश बताते हैं "सचिन देव बर्मन ने अपनी संगीत प्रतिभा से करोड़ों भारतवासियों का दिल जीता। शास्त्रीय और लोक संगीत का जितना सुंदर समिश्रण उनके संगीत में मिलता है उतना शायद कहीं नहीं। उन्होंने ही 'संगीत पहले और शब्द बाद में' की परंपरा शुरू की थी। वो फ़िल्म में सिचुएशन के हिसाब से संगीत बनाते और फिर गीतकार से कहते कि धुन को ध्यान में रख कर गीत लिखें।

बर्मन दा की एक और जीवनी लिखने वाली सत्या सरन बताती हैं कि 'काग़ज़ के फूल' बनने के दौरान दादा बर्मन ने एक धुन बनाई, जिसे सबने पसंद किया। लेकिन उसके लिए फ़िल्म में कोई सिचुएशन नहीं निकल रही थी।

वो कहती हैं, "गुरुदत्त इस बात पर अड़े हुए थे कि हर हालत में इस धुन को फ़िल्म में शामिल किया जाना चाहिए। कैफ़ी आज़मी उस धुन पर गीत लिखने लगे। उन्होंने कई गीत लिखे, लेकिन गुरुदत्त को एक भी गीत पसंद नहीं आया। आख़िर गुरुदत्त ने कहा इस धुन को यहीं छोड़ते हैं, इसका इस्तेमाल अगली किसी फ़िल्म में करेंगे।"

सत्या के अनुसार कैफ़ी के लिए ये एक तरह से हार मानने जैसा था। कैफ़ी ने एक प्रयास और किया और लिखा, 'वक़्त ने किया, क्या हसीं सितम.' गुरुदत्त इसको सुनते ही उछल पड़े और ये गीत 'काग़ज़ के फूल' का सिग्नेचर गीत हो गया, जिसे फ़िल्म में बार-बार दोहराया गया।

'प्यासा' फ़िल्म के बनने के दौरान बर्मन दा की साहिर लुधियानवी से तक़रार हो गई। मुद्दा था कि नग़मे में ज़्यादा रचनात्मकता है या संगीत में। सत्या सरन कहती हैं, "मामला इस हद तक बढ़ा कि साहिर ने ज़ोर दिया कि उन्हें सचिनदेव बर्मन से एक रुपया ज़्यादा पारिश्रमिक दिया जाए। साहिर का मानना था कि बर्मन दा के संगीत की लोकप्रियता में उनका बराबर का हाथ था। बर्मन दा ने साहिर की शर्त को मानने से इंकार कर दिया और फिर दोनों ने कभी साथ काम नहीं किया।"

बर्मन दा के बारे में मशहूर था कि वो बहुत कंजूस थे और लोगों को चाय और खाना ऑफ़र नहीं करते थे। सत्या सरन गुरुदत्त से जुड़ा एक वाक़या बताती हैं, अक्सर जब वो फ़िल्म के संगीत के बारे में चर्चा करने उनके घर जाते थे तो दादा उनसे पूछते थे, 'तुम खाना तो घर से खाकर आए हो न'। इससे पहले कि गुरुदत्त जवाब देते, वो खाना खाने अंदर चले जाते थे।

वो बताती हैं, "एक बार उस्ताद रईस ख़ाँ उनसे मिलने उनके घर गए। जब वो उनसे बात कर रहे थे तो पीछे से पंचम (राहुल देव बर्मन) ने इशारा किया कि दादा से कहो कि चाय पिलाएँ। जैसे ही रईस ख़ाँ ने चाय की फ़रमाइश की, दादा ने कहा, 'तुम इतने जवान हो और चाय माँग

रहे हो।' फिर उन्होंने कहा बच्चे चाय नहीं पीते और वैसे भी घर में दूध नहीं है। इतने में पंचम चाय का प्याला लिए हुए कमरे में दाख़िल हुए। अब झेंपने की बारी बर्मन दा की थी। उनके मुंह से निकला, 'ये चाय तुम कहाँ से ले आए।' इसी तरह वो अपने पान के लिए भी बहुत पज़ेसिव थे। वो अपना पान किसी को नहीं देते थे। सिवाए लता मंगेशकर के और वो भी तब जब वो बहुत अच्छा गाना गाती थीं, लेकिन लता का विवाद बर्मन दा के साथ भी हुआ था। करीब चार साल बाद ही दोनो एक साथ गाने के लिये़ राजी हो सके।

सचिनदेव बर्मन एक बार लता मंगेशकर से भी नाराज़ हुए थे। बात 1958 की है, फ़िल्म थी "सितारों से आगे"। बीबीसी को दिए एक इंटरव्यू में लता ने खुद बताया था, "जब मैंने 'पग ठुमक चलत' गीत रिकार्ड किया तो दादा बहुत खुश हुए और इसे ओके कर दिया। एक बार जब संगीतकार किसी गीत को ओके कर देता है तो रिकॉर्डिंग दोबारा नहीं की जाती है।

लता कहती हैं, "लेकिन बर्मन परफ़ेक्शनिस्ट थे। उन्होंने मुझे फ़ोन किया कि वो इस गीत की दोबारा रिकॉर्डिंग करना चाहते हैं... मैं चूंकि बाहर जा रही थी, इसलिए मैंने रिकॉर्डिंग करने नहीं जा सकती थी। बर्मन इस पर नाराज़ हो गए। लेकिन कलाकारों के बीच इस तरह की नोकझोंक होती रहती है।"

खगेश देव बर्मन बताते हैं, "जिस गाने के लिए लता से नाराजी हुई, उसे बर्मन दा ने बाद में आशा से गवाया। लेकिन वो भी उसे उस तरह नहीं गा पाईं जैसा बर्मन दा चाहते थे। आख़िर में जिसे लता ने गाया था, वही गाना फ़िल्म में रखा गया, लेकिन पाँच साल तक लता और बर्मन दा में ठनी रही।"

उस अवधि के दौरान बर्मन दा ने लताजी की बहन आशा भोंसले की आवाज़ का बड़े पैमाने पर इस्तेमाल किया, जिससे आशा के करियर को गति मिली। इस दौरान पंचम की आशा भोंसले से नज़दीकियाँ बढ़ गईं। लता ने उसे इशारों में चेताया, परंतु नतीजा सिफ़र रहा। राहुलदेव बर्मन पहले से शादीशुदा थे। पहली पत्नी रीता पटेल से अलग एक होटल में रहने लगे थे। तलाक लेने की खबरें उड़ती रहती थीं। आशा और पंचम को करीब लाने में संगीत का अहम रोल रहा था। आशा से 6 साल छोटे राहुलदेव बर्मन ने आशा के सामने शादी का प्रस्ताव रखा, इसके काफी समय बाद जब आशा

ने हामी भरी तो पंचम का तलाक़ हो चुका था। वह खूब लम्बा बीस वर्षीय रोमांटिक साथ अंततः साल 1980 में वैवाहिक सम्बन्ध में बदल गया। हालाँकि दूसरा विवाह भी सफल नहीं रहा।

जहाँ लता संयम के बाँध से निकल किनारों की सीमाओं में बँधी नहर सी बहती रही, वहीं आशा पहाड़ी झरने सी उछल कूद करती शोर मचाती चलती रही।

सचिन दा का बेटा राहुलदेव बर्मन अर्थात् पंचम, जो अपनी किशोरावस्था में था। लता ने उन्हें अपने पिता के साथ कई यादगार धुनों पर काम करते देखा था। वह छोटे नवाब के साथ संगीतकार बन रहा था। 1962 में लताजी के पास आकर शर्माते हुए बोला – "दीदी, मैं एक स्वतंत्र संगीत निर्देशक बन रहा हूं और मैं चाहता हूँ कि आप मेरा पहला गाना गाएँ"।

लताजी याद करती हैं, "मैं तुरंत मान गई। मैंने पंचम को सचिन दा की रिकॉर्डिंग के दौरान शॉट्र्स में इधर-उधर भागते देखा था। अब वह खुद का संगीत रचने के लिए तैयार था। जब मैं राहुलदेव बर्मन के गाने की रिहर्सल के लिए बर्मन के आवास पर गई तो वह पिता को इस बारे में बताने दौड़ा। बर्मन दा मुझसे मिलने आए और गतिरोध टूट गया। हम कलाकार तो ऐसे ही होते थे। महान संगीतकार आसानी से चोटिल होते और बड़ी आसानी से पिघल जाते थे। लेकिन हम कभी भी द्वेष रखने वाले नहीं थे। आख़िर बर्फ पिघल गई और गाने बनाने की प्रक्रिया फिर से शुरू हो गई। मैंने पंचम का पहला गाना, 'घर आजा घिर आए बदरवा सँवरिया' गाया था।"

वहीं इस बीच एक मौका ऐसा भी आया, जब लता मंगेशकर पर आरोप लगा कि वो छोटी बहन आशा से जलन रखती हैं, उनकी तरक्की से खुश नहीं है। हालाँकि दोनों बहनों ने कभी इस तरह की बातों पर कोई प्रतिक्रिया नहीं दी। लता मंगेशकर पर लगे इस आरोप पर उनकी बहन मीनाताई ने आज तक को दिए एक पुराने इंटरव्यू में कहा था कि "नहीं, ऐसा बिल्कुल भी नहीं है, एक कलाकार के कई चाहने वाले होते हैं, कुछ दुश्मन भी होते हैं। वो लोग चाहते थे कि ये दोनों बहनें अलग हो जाएँ, इसलिए विवाद करवाते हैं।"

लताजी ने एक बार वर्जित विषय पर बात की, "बर्मन दा मुझसे बहुत प्यार करते थे। उन्होंने एक खास खीर बनाई, जिसे उन्होंने मेरे अलावा किसी

के साथ साझा नहीं किया। वह कहते थे, 'जब तक 'लोटा' है - (वे मुझे इसी नाम से बुलाया करते थे) - मुझे चिंता करने की कोई बात नहीं है। लेकिन फिर कुछ गलत हो गया। उन्हें एक लेख में यह कहते उद्धृत किया गया, "लता का करियर किसने बनाया? हम संगीतकारों ने। हमने उसे गाने दिए" मुझे नहीं पता कि उन्हें गलत तरीके से उद्धृत किया गया था, लेकिन हमने तीन से चार साल तक बात नहीं की। जब तक उनके बेटे पंचम ने मध्यस्थता नहीं की। जब बर्मन सीनियर ने फोन किया, तब भी मैं बहुत गुस्से में थी और उनसे बहुत ही रूखे तरीके से बात की। फिर उन्होंने कहा, "लोटा, तू आजा, तुझे गण है।" और मेरा गुस्सा छू हो गया। बंदिनी के "जोगी जब से तू आया" और "मोरा गोरा अंग ले ले" गाने के साथ बर्फ पिघल गई।"

इन दोनों की शालीनता का फायदा यह हुआ कि करीब पाँच साल बाद जब दोनों ने एक साथ काम करना शुरू किया तो बालीवुड के खाते में कई कालजयी गीत दर्ज हुए। विमल रॉय की 1963 में बनी फ़िल्म बंदिनी के गीत इसकी सबसे अच्छी मिसाल है।

फिर बारी आयी शंकर जयकिशन की जोड़ी वाले शंकर और लता के बीच तनाव की। फ़िल्मों में प्रचलित आवाज़ों से हट कर एक आवाज़ थी गायिका शारदा की। उनकी अल्हड़ और चंचल आवाज़ का प्रयोग शंकर ने फ़िल्म सूरज में किया तो तितली उड़ी उड़ जो चली..., जैसा लोकप्रिय गीत सामने आया। इस आवाज़ और इसकी मलिका ने शायद शंकर पर ऐसा जादू किया कि वे अपनी हर फ़िल्म में शारदा को बढ़ चढ़ कर मौका देने लगे। कहा जाता है कि इस मुद्दे पर किसी बातचीत के दौरान शंकर और लता में नाराजगी हो गयी। यह नाराजगी इतनी गहरी हो गयी कि शंकर और जयकिशन की जोड़ी में ही दरार पड़ गयी। लता और शंकर के बीच की नाराजगी संभवतः कभी खत्म नहीं हो पायी, लेकिन अपनी आदत के मुताबिक लता ने इस मुद्दे पर भी धैर्य का साथ नहीं छोड़ा। इसके बाद उन पर आरोप लगे की शंकर की पसंदीदा गायिका शारदा को उन्होंने टिकने नहीं दिया। क्योंकि उस समय तक लता की नाराजगी के साथ कोई संगीतकार लंबा सफ़र तय नहीं कर सकता था। वजह यह थी कि हर हिरोइन चाहती थी कि पर्दे पर उसे लता मंगेशकर ही पार्श्वगायन करें।

ओ पी नैय्यर इसका अपवाद रहे कि उन्होंने लता से कभी कोई गीत नहीं गवाया। जिस दौर में लता का सिक्का चलना शुरू हो गया था उस दौर

में लता से कोई संगीतकार गीत ना गवाए यह सामान्य बात तो नहीं हो सकती थी। किसी मुद्दे पर ओ पी नैय्यर और लता के अहम में टकराव जरूर हुआ होगा।

16 जनवरी, 1926 को लाहौर (पाकिस्तान) के एक मध्यम वर्गीय परिवार में जन्मे ओंकार प्रसाद नैय्यर उर्फ ओ.पी. नैय्यर का रुझान बचपन से ही संगीत की ओर था। वह पार्श्वगायक बनना चाहते थे। भारत विभाजन के पश्चात् उनका पूरा परिवार लाहौर छोड़कर अमृतसर चला आया। ओंकार प्रसाद ने संगीत की सेवा करने के लिए अपनी पढ़ाई बीच में छोड़ दी। अपने संगीत के सफ़र की शुरुआत आल इंडिया रेडियो से की।

अपनी शर्तों पर ज़िंदगी जीने वाले ओ.पी. नैय्यर को हिन्दी सिनेमा का एक अहम संगीत निर्देशक माना जाता है। नैय्यर हिंदी सिनेमा के उन दिग्गज संगीतकारों में थे, जिन्होंने 1950 और 60 के दशकों में न सिर्फ़ अपनी अलग पहचान बनाई, बल्कि कई कलाकारों के कॅरियर को नई ऊँचाई दी। बिना किसी संगीत शिक्षा के ही इन्होंने बॉलिवुड को बेहतरीन गाने दिए हैं। ओ पी नैय्यर ने 1949 में "कनीज़" फ़िल्म में पार्श्व संगीत के साथ अपना फ़िल्मी सफ़र शुरू किया। इसके बाद उन्होंने "आसमान" (1952) का संगीत दिया। गुरुदत्त की "आर पार" (1954) उनकी पहली हिट फ़िल्म थी। इसके बाद गुरुदत्त के साथ "मिस्टर एंड मिसेज़ 55" तथा "सी आई डी" जैसी फ़िल्में दीं। "मेरे सनम" में अपने संगीत को एक नई ऊँचाईयों पर ले गए, जब उन्होंने "जाईए आप कहाँ जाएँगे" तथा "पुकारता चला हूँ मैं" जैसे गाने दिए। उन्होंने गीता दत्त, आशा भोंसले तथा मोहम्मद रफ़ी के साथ काम करते हुए उनके कैरियर को नई ऊँचाईयों पर पहुँचाया। हालाँकि इनकी ज़िंदगी से जुड़ा एक अहम पहलू यह भी रहा कि इन्होंने कभी लता जी के साथ काम नहीं किया, बल्कि लता जी की जगह उन्होंने उनकी बहन आशा भोंसले से काम लिया और खूब काम लिया।

उनके कुछ प्रसिद्ध गाने, "आओ हुज़ूर तुमको सितारों में ले चलूँ" (किस्मत), "आँखों ही आँखों में इशारा हो गया" (सीआईडी), "चैन से हमको कभी आपने जीने न दिया", "चल अकेला" (संबंध), "आप यूँ ही अगर हमसे मिलते रहे", "मेरा नाम है चिन-चिन चूं" (हावड़ा ब्रिज), "बाबू जी धीरे चलन" (आर-पार), "उड़े जब-जब ज़ुल्फ़ें तेरी" (नया दौर) आदि हैं।

बात उन दिनों की है, जब उनकी दूसरी फ़िल्म "आसमान" की शूटिंग हो रही थी। जिसमें एक गीत को छोड़कर सभी गाने गीता दत्त गा चुकी थीं। फ़िल्म में एक गीत को फ़िल्म की सहनायिका पर फ़िल्माया जाना था और इस गाने में लता जी की आवाज़ होनी थी। लता मंगेशकर को यह बात रास नहीं आई कि उनका गीत किसी सहनायिका पर फ़िल्माया जाए। उस समय लता जी एक बहुत बड़ी गायिका मानी जाती थीं। लता ने नैय्यर के लिए इस गीत को गाने से साफ़ इनकार कर दिया। लता के दिल में कोई मलाल नहीं रहता था। उस समय गीता दत्त स्थापित गायिका होने से प्रतिस्पर्धा होना स्वाभाविक था। उस समय लता का सिक्का भी चल निकला था। इसलिए फ़िल्म में एक सह-गायिका के रूप में होना पेशेवर रूप से ठीक नहीं था। जब नैय्यर साहब तक ये बात पहुँची, तो उन्होंने भी एक दृढ़ निश्चय किया, कि वो अपने कॅरियर में कभी भी लता के साथ काम नहीं करेंगे।

संगीतकार ओपी नैय्यर अपनी जिद के बहुत पक्के थे। उन्होंने यह तय कर रखा था कि चाहे जो भी हो जाए वह लता मंगेशकर से कोई भी गाना नहीं गवाएँगे, तो इस फ़ैसले पर वह आखिरी साँस तक कायम रहे। हालाँकि कुछ लोग इसे मात्र अफ़वाह ही मानते हैं। लेकिन ओपी नैय्यर ने इसके बाद अपने कंपोज किए हुए अधिकतर गाने आशा भोंसले से गवाए। इन दोनों की जोड़ी में बने तमाम गीतों ने सफलता के नए आयाम छुए। आज भी कई लोग मानते हैं कि आशा भोंसले ओपी नैय्यर साहब की ही खोज हैं। ऐसा लगता था कि नैय्यर साहब आशा जी के लिए विशेष धुन बनाते हों, जिन्हें आशा बिना किसी मेहनत के गा लेती थीं।

आशा भोंसले और ओ पी नैय्यर साहब बॉलिवुड के बेहद सम्मानित सदस्य माने जाते हैं, लेकिन इन दोनों की जोड़ी को एक संगीत निर्देशक और गायिका के रिश्ते से अलग प्रेम-पंक्षियों की तरह देखने वालों की भी कमी नहीं है। कई लोग मानते हैं कि दोनों के बीच अफ़ेयर रहा है। खुद ओ पी नैय्यर ने यह बयान दिया था कि "मोहब्बत में सारा जहाँ लुट गया था..." दरअसल, इन शब्दों में ओ पी अपनी सबसे पसंदीदा पार्श्व गायिका के साथ अपने संबंधों की बात कर रहे थे। लेकिन इन दोनों की हिट जोड़ी भी साल 1972 में टूट गई और ओ पी और आशा भोंसले ने कभी भी साथ न काम करने का फैसला किया और उसके बाद उन्हें कभी भी एक छत के नीचे एक साथ नहीं देखा गया। दोनों के बीच एक पेशेवर रिश्ता था।

ओ पी नैय्यर साहब के इंतक़ाल पर गायिका लता मंगेशकर से हुई बातचीत के अंश इस तरह हैं,

"ओपी साहब अब दुनिया में नहीं हैं। कैसे याद करती हैं उनको?"

"मुझे उनके चले जाने पर बहुत अफ़सोस हुआ। हमारे फ़िल्म जगत के बड़े जाने-माने नाम थे। उनका संगीत आज भी लोकप्रिय है।"

"ओपी नैयर की कौन सी धुनें आपको सबसे ज़्यादा याद आती हैं?"

"मुझे उनकी पहली फ़िल्म तो याद नहीं, उनकी बाद की फ़िल्मों के गाने बड़े अच्छे लगते हैं। "मेरे सनम" फ़िल्म का गाना "जाइए आप कहाँ जाएँगे" सुनने में बहुत अच्छा लगता है। आशा का गाया हुआ, 'ये है रेश्मी ज़ुल्फ़ों का अंधेरा' भी बेहद लाजवाब है। उन्होंने न सिर्फ़ अच्छे गाने बनाए, वो गाए भी बहुत अच्छे गए। चाहे वो मोहम्मद रफ़ी हों, गीता दत्त या आशा भोंसले, सभी ने उनके गानों के साथ बहुत न्याय किया।"

"क्या वजह है कि एक ही फ़िल्म इंडस्ट्री में रहते हुए आप दोनों ने कभी साथ काम नहीं किया?"

"मैं उनको बहुत ज़्यादा नहीं जानती थी। कम ही मुलाक़ात हुई। हमने साथ काम भी नहीं किया। लेकिन ये ज़रूर है कि जब भी मिलते थे, मुझसे बहुत प्यार से बात करते थे। एक बार उनके लिए गाने का मौका मिला तो मैं बीमार पड़ गई। तो उन्हें किसी और से गाना गववाया। उसके बाद न उन्होंने कभी बुलाया न मैं कभी गई।"

"उन्हें ये लगता था कि जिस तरह के गाने वो बनाते हैं, मेरी आवाज़ में ठीक नहीं बैठते। मुझे भी ऐसा ही लगता था कि उनकी तरह के गाने मेरे गले से ठीक नहीं निकलते। उनका एक अलग ही अंदाज़ था। आशा और गीता ही उनके गाने अच्छे गाती थीं।"

"आपकी बहन आशा ने उनके लिए बहुत गाने गाए।"

"जी हाँ, आशा ने उनके लिए बहुत अच्छे गाने गाए। आशा ओ पी नैयर का स्टाइल समझ गई थी और उसी तरह गाती थी।"

"कैसे याद करना चाहेंगी ओपी साहब को?"

"इस फ़िल्म इंडस्ट्री में बहुत दिग्गज संगीतकार हुए हैं। ओपी नैयर का भी नाम उनमें बेशक आता है। उनको लोग कभी भूल ही नहीं सकते। मुझे

लगता है जिस कलाकार का काम अच्छा होता है वो कभी ख़त्म नहीं होता है, वो हमेशा जीवित रहता है।"

*

इस इंडस्ट्री में यूँ तो लता के करीबी कई लोग हैं, पर एक शख्स थे, जिन्होंने उन्हें अपनी बहन बनाकर राखी बंधवाई थी। वे म्यूज़िक डायरेक्टर मदन मोहन थे। लता और मदन मोहन की मुलाकात पहली बार एक रिकॉर्डिंग स्टूडियो में हुई थी। तब से लेकर मदन मोहन ने आखिरी साँस तक लता से अपना ये रिश्ता निभाया।

यतीन्द्र नाथ मिश्र की किताब 'लता सुर गाथा' के एक पन्ने में इस कहानी का जिक्र है। ये किस्सा सन 1948 का है, जब लता मदन मोहन की फ़िल्म 'आँखें' में नहीं गा सकीं। दरअसल, लता ने मदन मोहन के साथ अपने रिश्ते की कहानी सुनाते हुए बताया था कि एक बार मदन मोहन लता के घर पहुँचे, उस दिन रक्षाबंधन था। मदन मोहन इस बात से बेहद दुखी थे कि उनकी पहली फ़िल्म में लता नहीं थीं। फिर वे लता को घर ले गए और कहा, 'आज राखी है, तो ये लो राखी और मेरी कलाई पर बाँधो। मदन मोहन ने लता से कहा कि तुम्हें याद है, जब हम पहली बार मिले थे तब हमने भाई-बहन का गीत गाया था। आज से तुम मेरी छोटी बहन और मैं तुम्हारा मदन भैया। आज से तुम अपने भाई की हर फ़िल्म में गाओगी।' लता ने संगीतकार मदन मोहन के साथ बहुत काम किया था। उन्होंने ये बताया था कि वो उनके पसंदीदा संगीतकार हैं। इन दोनों ने मिलकर कई बेहतरीन गाने भी दिए।

लता जी के जीवन के कई ऐसे किस्से हैं, जो उन्हें एक महान गायिका के साथ-साथ महान इंसान भी बनाते थे। उनका और उनके पसंदीदा संगीतकार मदन मोहन का बड़ा दिलचस्प किस्सा रहा है। मदन मोहन के बच्चों की शादी लता मंगेशकर ने कराई थी और यही नहीं उनके बच्चों के शादी के कार्ड पर लिखा था कि लता मंगेशकर आपको निमंत्रण देती है। लता मंगेशकर को वो लता दी कहकर बुलाते थे। फ़िल्म उद्योग में सभी उनको दीदी बुलाने लगे थे।

हम नहीं जानते कि मदन मोहन लता जी के लिए बने थे या लता जी मदन मोहन के लिए, लेकिन आज तक मदन मोहन जैसा संगीतकार नहीं हुआ, और लता जी जैसी गायिका नहीं हुई... और न अब आगे कभी होगा...!

भारतीय सिनेमा में संगीतकारों और गायकों के बीच बेहद सफ़ल सहयोग असामान्य नहीं है। यह ऐसा है जैसे संगीतकार अपनी पसंदीदा आवाज़ों के लिए अपना सर्वश्रेष्ठ आरक्षित रखते हैं - हालाँकि इन दिनों यह लगातार कम होता जा रहा है, जब संगीत हमारे सिनेमा में उतना अनिवार्य नहीं है, जितना पहले हुआ करता था।

कुछ संगत मशहूर रही है, जैसे नौशाद-मोहम्मद रफ़ी, आर.डी. बर्मन-किशोर कुमार, ओ.पी. नैयर-आशा भोंसले, इलैयाराजा-एस.पी. बालसुब्रमण्यम, एम.एस. विश्वनाथन-पी. सुशीला, एम.एस. बाबूराज-एस. जानकी, जी. देवराजन-यसुदास, रवींद्रन-यसुदास और ए.आर. रहमान-हरिहरन। फिर भी लगता है कि लता और मदन मोहन आपस में मधुर और सुसंगत रूप से आध्यात्मिक संगत तलाश रहे हैं।

मदन मोहन ने कहा था, "जब लता की आवाज़ को पहली बार रिकार्ड किया तब उसके पास स्वर्ग से आवाज़ आई थी कि वह उन धुनों को बना सकता था, जो इस दुनिया से बाहर थीं।" जब उन्होंने हाथ मिलाया - जो, सौभाग्य से, बहुत बार होता गया - परिणाम सरासर जादू था। लता मंगेशकर और मदन मोहन ने मिलकर हिंदी सिनेमा को उसके अब तक के कुछ सबसे मधुर गीत दिए।

किसी भी संगीतकार के - जो कि सार्वभौमिक रूप से पसंद किए जाते हैं उनमें "लग जा गले... फिर ये मुलाक़ात हो" न हो को ही लें। यह शायद उनके सभी गीतों में सबसे लोकप्रिय है। इसके YouTube वीडियो को 2010 में पोस्ट किए जाने के बाद से 22 करोड़ से अधिक बार देखा जा चुका है। याद रखें, यह गीत 1964 में रिलीज़ हुई एक फ़िल्म "वो कौन थी" का है। धुन बेहद खूबसूरत है और जिस तरह से लता ने इसे गाया है, श्रोता को जीवन भर बाँधे रखता है। गीत का शुद्ध राग उस विशिष्टता का सबसे अच्छा प्रतिनिधित्व करता है, जिसे लता मंगेशकर और मदन मोहन ने अपने काम में लिया। लेकिन क्या यह उनका बेहतरीन गाना है? शायद नहीं।

वो चुप रहे तो... (जहाँआरा) और नग़मा ओ शेर की... (ग़ज़ल), दावेदार के रूप में दिमाग में दो रत्न आसानी से कौंध जाते हैं। और कई अन्य महान रचनाएँ हैं, जैसे नैनों में बदरा... (मेरा साया), आप की नज़रों ने... (अनपढ़), माई री और बैयाँ न धरो... (दस्तक), नैना बरसे... (वो कौन थी?), यूँ हसरतों के... (अदालत) और तेरी आँखों के शिवा... (चिराग)।

इन दोनों ने मिलकर कई बेहतरीन गाने भी दिए। उनमें और भी चर्चित गाने 'लग जा गले', 'दिल ढूंढता है', 'मेरा साया साथ होगा', 'बेताब दिल की तमन्ना यही है', 'वो भूली दास्ताँ' और 'मिलो ना तुम तो हम घबराएँ' रहे हैं। लता और मदन मोहन की जोड़ी को इंडस्ट्री की सबसे लोकप्रिय गायिका और संगीतकार जोड़ी माना जाता है।

हालाँकि मदन मोहन के वे सभी शानदार काम उनके जीवन काल में सफलता में तब्दील नहीं हुए। उन्हें पर्याप्त सराहना नहीं मिली, उन्हें कई बड़ी फ़िल्मों में काम करने का मौका नहीं मिला या उस समय के लोकप्रिय पुरस्कार नहीं मिले। इसके बारे में उनका अनुभव काफ़ी कड़वा था। वह इस बात से साँत्वना ले सकते थे कि उनका संगीत, खासकर लता का संगीत, आने वाले दशकों के लिए संगीत प्रेमियों की सराहना से अमर हो जाएगा।

बड़ी बात ये है कि मदन मोहन के निधन के बाद भी उन्होंने लता से किया हुआ वादा निभाया। दरअसल, जब 2004 में फ़िल्म 'वीर-ज़ारा' में मदन मोहन के कम्पोजिशन को यूज किया गया तब सारे गानें लता मंगेशकर ने ही गाए थे।

मदन मोहन ने 25 वर्षों में दर्जनों फ़िल्मों के लिए गीत तैयार किए। 1975 में 51 वर्ष की बहुत कम उम्र में उनकी मृत्यु हो गई। उन्हें कई बार फ़िल्मफेयर सर्वश्रेष्ठ संगीत निर्देशक पुरस्कार के लिए नामांकित किया गया था, परंतु मिला एक बार भी नहीं। उनको एकमात्र पुरस्कार उनके करियर के अंतिम छोर पर 1970 में दस्तक के लिए मिला। फिर भी उसको लता मंगेशकर ने 'ग़ज़लों का शहज़ादा' नाम दिया था। उनकी धुनों का उपयोग उसकी मृत्यु के लगभग 30 साल बाद बनी एक फ़िल्म वीर-ज़ारा में किया गया था।

*

किशोर से मुलाक़ात पर लता ने बताया था कि

"40 के दशक में जब मैंने फ़िल्मों में गाना शुरू ही किया था। तब मैं अपने घर से लोकल पकड़कर मलाड जाती थी। वहाँ से उतरकर स्टूडियो बॉम्बे टॉकीज पैदल जाती। रास्ते में किशोर दा भी मिलते। लेकिन मैं उनको और वो मुझे नहीं पहचानते थे। किशोर दा मेरी तरफ़ देखते रहते। कभी हंसते, कभी अपने हाथ में पकड़ी छड़ी घुमाते रहते। मुझे उनकी हरकतें अजीब सी लगतीं। मैं उस वक़्त खेमचंद प्रकाश की एक फ़िल्म में गाना गा रही थी। एक दिन किशोर दा भी मेरे पीछे-पीछे स्टूडियो पहुँच गए।"

मैंने खेमचंद जी से शिकायत की "चाचा... ये लड़का मेरा पीछा करता रहता है... मुझे देखकर हंसता है।"

तब उन्होंने कहा, "अरे, ये तो अपने अशोक कुमार का छोटा भाई किशोर है।" फिर उन्होंने मेरी और किशोर दा की मुलाक़ात करवाई। और हमने उस फ़िल्म में पहली बार गाना गाया।

*

लता जी पर अपने कैरियर के दौरान कई आरोप भी लगते रहे हैं। सबसे बड़ा आरोप यह कि अपने शुरुआती दौर में कठिन सँघर्षों से गुजरने वाली लता जी ने अपने बाद आने वाली गायिकाओं के प्रति कभी संवेदनशीलता नहीं दिखाई। और यह कि उन्होंने अपनी बहन आशा भोंसले सहित अपने दौर की लगभग सभी गायिकाओं - मुबारक़ बेग़म, गीता दत्त, सुमन कल्याणपुर, सुधा मल्होत्रा, शारदा का रास्ता रोका था। व्यक्तिगत मसलों को लेकर उन्होंने उस दौर के सबसे लोकप्रिय संगीतकारों में से एक सी रामचंद्र को निर्माताओं पर दबाव बनाकर इंडस्ट्री से बाहर करवा दिया था।

'ऐ मेरे वतन के लोगों...' इस गीत को गाने के मौके पर एक नाम फिर चर्चा में आया, संगीतकार सी.रामचंद्र। हिंदी फ़िल्मों को सी. रामचंद्र ने कई सदाबहार गीत दिए। इनमें 'ये ज़िंदगी उसी की है', 'गोरे गोरे ओ बाँके छोरे', 'भोली सूरत दिल के खोटे', 'तू छुपी है कहाँ', 'दिल लगा कर हम ये समझे', 'कितना हसीं है मौसम' और 'इना मीना डिका' जैसे विविधता से भरे गाने शामिल हैं। उनकी पहली फ़िल्म थी, 'सुखी जीवन' (1942) और आखिरी 'तुलसी विवाह' (1971)। संगीत की दुनिया में लता मंगेशकर और

सी.रामचंद्र का साथ 1949 से 1958 तक था। इस दौरान इस जोड़ी ने कई हिट गीत दिए। सी.रामचंद्र अपने गीतों में जहाँ तक संभव होता था, लता के अलावा और किसी गायिका को नहीं लेते थे।

लता के साथ उनकी हिट जोड़ी बनने के बाद दोनों की नजदीकियों की बातें भी होने लगी थीं। हालाँकि लता ने इस बारे में कभी खुल कर नहीं कहा, परंतु बताया जाता है कि सी. रामचंद्र के व्यक्तित्व से लता बहुत प्रभावित थीं और उन्हें पसंद भी करती थीं। कहीं कहीं मिलता है कि सी. रामचंद्र लता से शादी करना चाहते थे और लता ने इंकार कर दिया था। जिससे नाराज होकर उन्होंने खुद दोनों के बारे में फालतू बातें फैलाना शुरू कर दी थीं। जबकि कुछ बातें इससे उलट मिलती हैं। एक इंटरव्यू में सी. रामचंद्र ने कहा था कि लता उनसे शादी करना चाहती थीं, परंतु उन्होंने इंकार कर दिया, क्योंकि वह पहले से शादीशुदा थे। लेकिन रोचक बात यह है कि लता को इंकार करने की बात कहने वाले सी. रामचंद्र ने इस घटना के बाद अपनी एक अन्य महिला मित्र शांता को दूसरी पत्नी बना लिया था।

1958 में सी. रामचंद्र के साथ व्यावसायिक रिश्ते खत्म कर लेने के बारे में लता ने एक इंटरव्यू में कहा था कि एक रेकॉर्डिस्ट इंडस्ट्री में मेरे बारे में उल्टी-सीधी बातें फैला रहा था। मैंने सी. रामचंद्र से कहा कि उसे हटा दें। वह उस रेकॉर्डिस्ट के साथ काम करने पर ही अड़े हुए थे। इस बात के बाद मैंने उनके साथ काम न करने का फैसला किया।

फिर आया 1963 में तैयार गीत 'ऐ मेरे वतन के लोगों...' जिसमें लता और सी.रामचंद्र की जोड़ी का जादू दुनिया ने देखा। कहा जाता है कि सी. रामचंद्र इस गीत को पहले आशा भोंसले से गवा रहे थे, मगर गीतकार कवि प्रदीप ने लता को इस संगीतकार के साथ गाने के लिए मना लिया। लता ने अकेले यह गीत गाने की जिद की और आशा को हटना पड़ा। इस मामले में भी लता का कुछ और कहना है। एक इंटरव्यू में लता ने कहा था, 'यह गाना पहले मुझे और आशा को साथ गाना था। लेकिन सी. रामचंद्र ने जोर दिया कि केवल मैं ही इसे गाऊँ। इसलिए आशा को हटना पड़ा।' इन विरोधाभासी बातों के बाद लता और सी. रामचंद्र के बीच इतनी कड़वाहट आ गई थी कि 1967 में एक बड़ी रिकॉर्डिंग कंपनी के लिए लता ने जब अपने दस सर्वश्रेष्ठ फ़िल्मी गानों का एलबम बनाया तो उसमें सी. रामचंद्र के संगीत वाला एक भी गीत नहीं रखा।

लता उन दिनों हिंदी फ़िल्म संगीत की दुनिया की सबसे ताकतवर हस्ती थीं और उस दौर में हुए रॉयल्टी विवाद में मोहम्मद रफ़ी से भी लोहा ले रही थीं। लता के प्रभाव का अंदाजा इसी बात से लगाया जा सकता है कि जब उन्होंने सी. रामचंद्र के संगीत निर्देशन में गाना बंद कर दिया तो प्रोड्यूसरों-डायरेक्टरों ने भी इस संगीतकार से किनारा कर लिया। जानकार मानते हैं कि लता की नाराजगी के कारण शिखर पर होने के बावजूद सी. रामचंद्र का कैरियर खत्म हो गया। सी. रामचंद्र के साथ संबंधों के किसी पक्ष पर लता ने खुल कर बात नहीं की। भविष्य में भी अब यह संभव नहीं दिखता है। ऐसे में तय है कि इन रहस्यों पर से कभी पर्दा नहीं उठेगा।

मनमुटाव से सुरक्षा पाने के लिए मनुष्य कछुए की गर्दन की तरह खुद को समेट काल्पनिक पक्के खोल में बंद कर लेता है। वह समझता है कि ख़तरा टल गया। लेकिन समेटना तो ख़तरे की शुरुआत भर होती है। वह विवादों के फेर में धीरे-धीरे कई लोगों से कटता चला जाता है। सहकर्मियों से कटता है, रिश्तेदारों से कटता है, जान-पहचान वालों से कटता है, समाज से कट जाता है। मनुष्य का समाज से जुड़ाव किन्हीं सिद्धांतों, मान्यताओं, व्यक्तिगत या कारोबारी ज़रूरतों के कारण होता है। अधिकांश लोगों की अपनी परिभाषाएँ होती हैं, जैसे सत्य को विभिन्न स्थितियों में विभिन्न दृष्टिकोणों से परिभाषित किया जाता रहा है। जब कोई किसी की मान्यता पर खरा नहीं उतरता तो मनमुटाव की शुरुआत होती है। मनमुटाव विवाद में बदलता है। फिर वह नैराश्य और अवसाद की गहरी खोह में जाकर निस्सार जीवन जीने को अभिशप्त हो जाता है - जैसा सुपर स्टार राजेश खन्ना के साथ हुआ था। लता के जीवन पर गम्भीरता से नज़र डालने पर पता चलता है कि उन्होंने मनमुटावों को विवाद नहीं बनने दिया और अवसर मिलते ही विवादों को सुलझाने में तनिक भी देर नहीं लगाई।

5

गीत-संगीत की लम्बी पारी

लता जब पार्श्वगायन के क्षेत्र में अपना करियर शुरू कर रही थी तब सुरैया, नूरजहाँ, शमशाद बेगम जैसी गायिकाओं का बोलबाला था। लता पर भी इन गायिकाओं का प्रभाव था और वे उसी शैली में गाती थीं। लता जल्दी समझ गईं कि यदि उन्हें आगे बढ़ना है तो अपनी शैली विकसित करनी होगी और उन्होंने यही किया। उन्होंने हिंदी और उर्दू के उच्चारण सीखे।

1950 से 1970 का दौर भारतीय फ़िल्म संगीत के लिए स्वर्णकाल का बेहतरीन दौर माना जाता है। जब मुंबई फ़िल्म उद्योग में एक से बढ़कर एक गायक, संगीतकार, गीतकार और फ़िल्मकार हाथ आज़मा रहे थे। सबने मिल कर बेहतरीन फ़िल्में और संगीत रचा और लता मंगेशकर के स्वरों में ढल कर एक से बढ़कर एक गीत हमारे ख़ज़ाने में जमा हुए।

अनिल बिस्वास, शंकर जयकिशन, सचिनदेव बर्मन, नौशाद, हुस्नलाल भगतराम, सी. रामचंद्र, सलिल चौधरी, सज्जाद-हुसैन, वसंत देसाई, मदन मोहन, खय्याम, कल्याणजी-आनंदजी, लक्ष्मीकांत-प्यारेलाल, राहुल देव बर्मन जैसे नामी संगीतकार मधुर धुनों का निर्माण कर रहे थे। लता मंगेशकर सभी की पहली पसंद थीं।

इन संगीतकारों के साथ लता ने अनेक यादगार गीत गाए, जिनकी लोकप्रियता की कोई सीमा नहीं रही। लता के आवाज़ का माधुर्य आम जन के सिर चढ़ कर बोला और लता मंगेशकर देखते ही देखते चोटी की गायिका बन गईं। गायिकाओं में उनके इर्दगिर्द कोई भी नज़र नहीं आता था।

लता की उपलब्धियों पर नौशाद साहब ने कहा था – "आज लता बहुत बड़ी पार्श्वगायिका बन चुकी है। उसे मुल्क ने दादा साहब फालके अवॉर्ड से नवाजा है। वह पद्मविभूषण है। राज्यसभा की सदस्य है। खुदा उस पर मेहरबान हो और उसे उम्रदराज करे। मीरा के भजनों की तरह उसकी आवाज़ हमेशा अमर रहे। मेरे लिए तो आज भी वह वही लता है, भोली-भाली, सादगी परस्त मामूली सी लड़की, जिसका चेहरा आज भी मेकअप से अछूता है। जिसके व्यक्तित्व में चमक-दमक की कोई बू नहीं। आज भी वह अंदर-बाहर सादगी की ज़िंदगी जीती है और अपनी आवाज़ से हर दिन हजारों-लाखों को रुलाती-हंसाती रहती है...। लता को अपनी ज़िंदगी में बहुतेरे कष्ट उठाने पड़े हैं। पिता के निधन के बाद उत्तरदायित्वों के बोझ तले दबी जिम्मदारियों को उसने अच्छी तरह संभाला। कहीं भी वह नहीं डगमगाई। वह हमेशा मेरे पास आती और अपनी परेशानियों से मुझे अवगत कराती। कुछ इस तरह जैसे कोई बेटी अपने पिता के सामने अपने सारे दुःख-दर्द उड़ेल रही हो। मैं उसे ढांढस बँधाता। अपने प्रारंभिक जीवन की कहानियाँ उसे सुनाता। अपने उन जीवन संघर्षों के बारे में उसे बताता, जब मेरी जेब में एक पैसा नहीं रहता था, लेकिन काम की तलाश में कोलाबा से दादर तक का रास्ता मुझे हर रोज पैदल चलकर पूरा करना होता था। उन दिनों मेरे पैरों में गर्द की परतें जमी रहती थीं और नंगे पैर चलने की वजह से पाँव में छाले निकल आते थे। चूंकि मैं स्वयं खुदापरस्त आदमी रहा हूँ, इसलिए उसे भगवान की पूजा करने, नेकनीयत और हिम्मत से काम लेने की सलाह देता रहता। परेशानियाँ दूर करने के जो भी रास्ते मेरे दिमाग़ में आते, उसे बताता। जब उसने मुझे बताया कि वह अब भी सुबह-सवेरे उठकर भगवान की पूजा करती है तो मुझे बड़ी खुशी हुई और तब से अब तक उसके इस नियमित कार्यक्रम में कोई अंतर नहीं आ पाया है।

*

लता जी एक संवेदनशील जुझारू व्यक्तित्व की धनी थीं। उनकी ज़िंदगी में एक महत्वपूर्ण मोड़ मधुमती फ़िल्म के शैलेंद्र द्वारा लिखे, "आ जा रे परदेसी" गीत से आया। 1954 में शुरू किया गया फ़िल्मफेयर अवॉर्ड आज हिंदी फ़िल्मी दुनिया का प्रतिष्ठित सम्मान बन चुका है। 1956 तक फ़िल्मफेयर अवॉर्ड में

पार्श्व गायक यानी 'प्लेबैक सिंगर' अवॉड्र्स 'कैटेगरी' में शामिल नहीं होते थे। 'प्लेबैक' गायकों की लड़ाई लड़ी लता मंगेशकर ने।

1957 में फ़िल्म 'चोरी चोरी' के लिए शंकर जयकिशन को फ़िल्मफेयर अवॉर्ड के लिए चुना गया। जिस गाने के लिए उन्हें ये अवॉर्ड दिया जा रहा था वो गाना था – 'रसिक बलमा'। अवॉर्ड से पहले जयकिशन ने लता मंगेशकर से फरमाइश की कि वो अवॉर्ड सेरेमनी में 'रसिक बलमा' गाना गा दें। लता जी ने यह कहकर गाने से इंकार कर दिया कि फ़िल्मफेयर अवॉर्ड गाने के संगीतकार को मिल रहा है ना कि गायक को इसलिए वो ये गाना कार्यक्रम के दौरान नहीं गाएँगी। शंकर जयकिशन चाहें तो 'सेरेमनी' में गाने की धुन बजा लें। इस बात को लेकर शंकर जयकिशन और लता जी में मनमुटाव भी हुआ।

कार्यक्रम के आयोजकों तक बात पहुँची तो उन्हें अपनी गलती का अहसास हुआ। लता जी की बात बिल्कुल सही थी, लिहाजा अगले साल से 'प्लेबैक सिंगर्स' को भी फ़िल्मफेयर अवॉर्ड दिया जाने लगा। आज फ़िल्म इंडस्ट्री के दर्जनों गायक गायिकाओं को लता मंगेशकर जी का शुक्रगुजार होना चाहिए, क्योंकि अगर उन्होंने ये आवाज़ नहीं उठाई होती तो शायद किसी और ने इस पर ध्यान भी नहीं दिया होता।

भारतीय संगीत में रागों के गायन अथवा वादन की प्राचीन परम्परा है। संगीत के सिद्धान्तों के अनुसार राग की रचना स्वरों पर आधारित होती है। विद्वानों ने बाईस श्रुतियों में से सात शुद्ध अथवा प्राकृत स्वर, चार कोमल स्वर और एक तीव्र स्वर अर्थात् कुल बारह स्वरों में से कुछ स्वरों को संयोजित कर रागों की रचना की है। सात शुद्ध स्वर हैं; षडज, ऋषभ, गान्धार, मध्यम, पंचम, धैवत और निषाद। इन स्वरों में से षडज और पंचम अचल स्वर माने जाते हैं। शेष में से ऋषभ, गान्धार, धैवत और निषाद स्वरों के शुद्ध स्वर की श्रुति से नीचे की श्रुति पर कोमल स्वर का स्थान होता है। इसी प्रकार शुद्ध मध्यम से ऊपर की श्रुति पर तीव्र मध्यम स्वर का स्थान होता है। संगीत के इन्हीं सात स्वरों के संयोजन से रागों का आकार ग्रहण होता है। किसी राग की रचना के लिए कम से कम पाँच और अधिक से अधिक सात स्वर की आवश्यकता होती है। जिन रागों में केवल पाँच स्वर का प्रयोग होता है, उन्हें औड़व जाति, जिन रागों में छह स्वर होते हैं, उन्हें षाडव जाति और जिनमें सातों स्वर प्रयोग हों, उन्हें सम्पूर्ण जाति का राग कहा जाता

है। रागों की जातियों का वर्गीकरण राग के आरोह और अवरोह में लगने वाले स्वरों की संख्या के अनुसार कुल नौ जातियों में किया जाता है। राग शिवरंजनी के स्वरों का फ़िल्मी गीतों में अधिकाधिक उपयोग किया गया है।

लता की गायन प्रतिभा का निखार राग, रहस्य, रोमांच और रोमांस के चार स्तम्भों पर साकार हुआ है। थोड़ी सी - बस थोड़ी सी सुगम संगीत की जानकारी लता को समझने में सहायक होगी। भारतीय शास्त्रीय संगीत में 12 स्वरों के मेल से ही कई राग बनाए गए। 12 स्वरों के नाम इस प्रकार हैं - सा, रे कोमल, रे शुद्ध, ग कोमल, ग शुद्ध, म शुद्ध, म तीव्र, पंचम, ध कोमल, ध शुद्ध, नि कोमल और नि शुद्ध। इनसे ही थाट और राग निकले हैं। थाट अथवा ठाट हिन्दुस्तानी शास्त्रीय संगीत में रागों के विभाजन की पद्धति है। 12 स्वरों में से किन्हीं 7 स्वरों के समुदाय को ठाट या थाट कहते हैं, जिनसे ही समस्त रागों की उत्पत्ति होती है। वे 10 थाट इस प्रकार हैं।

1. बिलावल : सारे शुद्ध,
2. यमन : म तीव्र,
3. खमाझ : नि कोमल,
4. भैरव : रे और ध कोमल,
5. पूर्वी : रे कोमल म तीव्र ध कोमल,
6. मारवा : रे कोमल म तीव्र,
7. भैरवी : रे, ग, ध, नी सब कोमल,
8. आसावरी : ग, ध, नि सब कोमल,
9. काफी : ग नि दोनों कोमल,
10. तोड़ी : रे कोमल, ग कोमल, म तीव्र, ध कोमल

'राग' शब्द संस्कृत की धातु 'रंज' से बना है। रंज् का अर्थ है - रंगना। जिस तरह एक चित्रकार तसवीर में रंग भरकर उसे सुदर बनाता है, उसी तरह संगीतज्ञ मन और शरीर को संगीत के सुरों से रंगता ही तो हैं। रंग में रंग जाना मुहावरे का अर्थ ही है कि सब कुछ भूलाकर मगन हो जाना या लीन हो जाना। संगीत का भी यही असर होता है। जो रचना मनुष्य के मन को आनंद के रंग से रंग दे वही राग कहलाती है।

आप सोच रहे होंगे यार यह क्या शुरू हो गया-संगीत शिक्षा आरम्भ हो गई। ज़रा सोचिए - किशोर कुमार संगीत की शिक्षा लिए बग़ैर महान पार्श्व गायक कहलाता है और ओम प्रकाश नैय्यर भी किसी माक़ूल संगीत शिक्षा के बग़ैर अत्यंत लोकप्रिय संगीतकार बन गए तो आपके लिए संगीत की हल्की सी जानकारी आपको एक अच्छा श्रोता तो बना ही सकती है।

सन 1959 में लता मंगेशकर को 1958 की फ़िल्म 'मधुमति' के गीत 'आजा रे परदेसी' के लिए पहली बार फ़िल्मफेयर का सर्वश्रेष्ठ पार्श्वगायिका का पुरस्कार मिला। इसका संगीत सलिल चौधरी ने तैयार किया था। उसके बाद उनकी आवाज़ में निखार आता चला गया और नए संगीतकारों के साथ उनकी आवाज़ को नए आयाम भी मिलने लगे। मधुमती भी महल तरह पुनर्जन्म प्रेमियों की कहानी पर आधारित थी। इस गीत में भी रूहानी तड़प की आवाज़ की दरकार थी। जिसे सबसे अच्छी तरह लता ही निभा सकती थीं। दर्शक दिलीप कुमार को पहाड़ी से उतरते हुए ऊँचा लहंगा चोली पहने पहाड़ी अलाप लेती विगत जीवन में बिछुड़ी एक वनसुंदरी बैजंती माला अर्थात् मधुमती को झरने से उठते धुँध भरे रहस्य में देख रहे हैं -

आ जा रे... परदेसी
मैं तो कब से खड़ी इस पार
ये अँखियाँ थक गयी पंथ निहार
आजा रे, परदेसी

लता के सुर में एक रूहानियत भरी अनबूझ प्यास उभरती है-

मैं दीये की ऐसी बाती
जल ना सकी जो, बुझ भी ना पाती
आ मिल मेरे जीवन साथी
ओ आजा रे, परदेसी...

बदलते स्वरों में प्यास में पुनर्जन्म की रूमानियत घुल जाती है - अंतरे-मुखड़े बीच में 'घड़ी घड़ी मेरा दिल धड़के' की धुन मिलन की आस जागती है...

तुम संग जनम जनम के फेरे
भूल गए क्यों साजन मेरे

तड़पत हूँ मैं साँझ सवेरे
ओ आजा रे, परदेसी...

प्यास में रूहानियत और रूमानियत की गहराई बढ़ती जाती है-

मैं नदिया फिर भी मैं प्यासी
भेद ये गहरा, बात ज़रा सी
बिन तेरे हर साँस उदासी
ओ आजा रे, परदेसी...

ये गाना काफ़ी थाट शास्त्रीय राग बागेश्री पर आधारित था। राग बागेश्री को राग बागेश्वरी भी कहा जाता है। हालाँकि शुद्ध नाम बागेश्री ही माना गया है। कहा जाता है कि राग बागेश्री मियाँ तानसेन ने सबसे पहले गया था। बागेश्री देर रात में गाया बजाया जाने वाला राग है। इसके आरोह में 'रे' और 'प' वर्जित है। अवरोह में सातों स्वर प्रयोग किए जाते हैं। इस राग का वादी स्वर 'म' और संवादी स्वर 'स' है। इसकी जाति औडव-संपूर्ण है। इस राग में ख्याल, ध्रुपद एवं तराना गाया जाता है। इस राग को भीमपलासी के करीब का राग माना जाता है।

आगे बढ़ने के पहले वादी और संवादी स्वर को समझते चलें। हमारा उद्देश्य संगीत की गूढ़ जानकारी परोसना नहीं है। इतना समझना है कि लता जी गूढ़ रागों का बड़ी आसानी पूर्वक प्रयोग करके कालजयी गीत रच गईं।

भारतीय शास्त्रीय संगीत में प्रत्येक राग में दो स्वर महत्वपूर्ण माने गए हैं। सबसे महत्वपूर्ण स्वर को वादी स्वर कहते हैं और उसके बाद दूसरे सबसे महत्वपूर्ण स्वर को संवादी स्वर कहते हैं। संवादी स्वर का महत्व वादी स्वर से कम होता है, लेकिन यह राग की चाल को स्पष्ट करने के लिए वादी के साथ मिलकर महत्वपूर्ण योगदान करता है। राग का द्वितीय महत्वपूर्ण स्वर होता है संवादी। इसे वादी से कम मगर अन्य स्वरों से ज़्यादा प्रयोग किया जाता है। इसे वादी स्वर का सहायक या राग का मंत्री स्वर भी कहते हैं। वादी और संवादी में 4-5 स्वरों की दूरी होती है। जैसे अगर किसी राग का वादी स्वर है रे तो संवादी शायद ध या नि हो सकता है।

राग का सबसे महत्वपूर्ण स्वर वादी कहलाता है। इसे राग का राजा स्वर भी कहते हैं। इस स्वर पर सबसे ज़्यादा ठहरा जाता है और बार-बार

प्रयोग किया जाता है। किन्हीं दो रागों में एक जैसे स्वर होते हुए भी उन में वादी स्वर के प्रयोग के द्वारा आसानी से फ़र्क बताया जा सकता है। जैसे कि राग भूपाली में और राग देशकार में एक जैसे स्वर लगते हैं - सा, रे, ग, प, ध मगर राग भूपाली में ग वादी है और राग देशकार में ध स्वर को वादी माना गया है। इस तरह से दोनों रागों के स्वरूप बदल जाते हैं।

इस गाने के अलावा और भी कई गाने हैं जो इसी राग पर संगीत निर्देशकों ने कंपोज किए। यहाँ तक कि मधुमती फ़िल्म का ही एक और गाना 'घड़ी घड़ी मेरा दिल धड़के' भी सलिल दा ने राग बागेश्री में ही लता जी की आवाज़ में कंपोज किया था। उस गाने को भी लोगों ने खूब पसंद किया था।

सलिल चौधरी महान निर्देशक बिमल रॉय कैंप के स्थायी संगीत निर्देशक थे। ऋषिकेश मुखर्जी, ऋत्विक घटक, कमल बोस, नुबेंदु घोष, रघुनाथ झालानी और गुलज़ार जैसे नाम इसी कैंप से जुड़े रहे। कमाल की बात है कि बिमल दा के बाद भी ये सभी किसी न किसी तौर पर एक दूसरे के साथ बने रहे। शैलेंद्र के बाद सलिल चौधरी ने गुलज़ार और योगेश से गीत लिखवाए।

इसके बाद अगले आठ साल तक यानी 1967 तक इस 'कैटेगरी' में 'अवॉर्ड' तो मिलते थे, लेकिन 'मेल' और 'फीमेल' सिंगर को अलग-अलग नहीं, बल्कि किसी एक को चुना जाता था। लता जी के प्रयासों से 1967 से 'अवॉर्ड' के लिए 'मेल' और 'फीमेल सिंगर' को अलग-अलग चुना जाने लगा। इस गीत के लिए लता को पहला फ़िल्मफेअर अवॉर्ड मिला था।

*

लता जी द्वारा गाया, दिल अपना और प्रीत पराई (1960) का "अजीब दास्ताँ है ये, कहाँ शुरू कहाँ ख़तम", शंकर-जयकिशन द्वारा रचित और रोमांटिक नाव यात्रा में मीना कुमारी पर फ़िल्माया हर दिल में अद्भुत रस घोलता है। अभी ऊपर हम 'अद्भुत रस' की जिस तरह की परिभाषा से अवगत हुए हैं, उससे तो हमें यकायक जो गीत ज़हन में आया है, वह है फ़िल्म 'दिल अपना और प्रीत पराई' का 'अजीब दास्ताँ है ये, कहाँ शुरु कहाँ ख़तम', ये मंज़िले हैं कौन सी, ना वो समझ सके ना हम। शैलेन्द्र द्वारा जीवन दर्शन पर लिखे तमाम गीत, जिनके लिए वो जाने जाते रहे हैं, उनमें यह गीत भी एक ख़ास मुकाम रखता है। शंकर जयकिशन का सुपरहिट संगीत 1960 के इस फ़िल्म

में गूँजा था। जितने फ़िलोसोफ़िकल इस गीत के बोल हैं, उतना ही दिलकश कम्पोज़िशन। और संगीत संयोजन के तो क्या कहने। पश्चिमी रंग में रंगे इस संयोजन में सैक्सोफ़ोन और कयर (choir) शैली के कोरल सिंगिंग का अद्भुत संगम सुनने को मिलता है। शंकर जयकिशन पक्की धुनों के साथ ऑर्केस्ट्रा लेकर आए। इसमें ताज्जुब की बात नहीं कि उस साल फ़िल्मफ़ेयर में सर्वश्रेष्ठ संगीतकार का पुरस्कार शंकर जयकिशन को इसी फ़िल्म के गीतों के लिए मिला था। इस गीत की एक सब से बड़ी जो ख़ासियत है, वह ये कि इसका वाल्ट्ज़ शैली का रीदम, जिसे एस. जे ने एक अद्भुत तरीक़े से अंजाम दिया। ठीक वैसे ही जैसे इस गीत के बोलों में अद्भुत रस का संचार हो रहा है।

अजीब दास्ताँ है ये
कहाँ शुरू कहाँ ख़तम
ये मंज़िलें हैं कौन सी
न वो समझ सके न हम

इस गीत में आश्चर्य, कौतुहल, रहस्य समाया हुआ है। सभ्यता जब से शुरू हुई है, तभी से मानव जाति नई चीज़ों के बारे में जानने की कोशिश करती आई है और आज भी यह परम्परा जारी है। जब हम यह समझते हैं कि दुनिया में ऐसी बहुत सी चीज़ें हैं, जिनके बारे में हमें नहीं मालूम, यही भाव हमारे जीवन को और भी ज़्यादा सुंदर और आकर्षक और रोमांचक बनाता है। हमारी यही खोज, अज्ञान को ज्ञान में बदलने का जुनून ही हमारे विकास में सहायक बनता है। अच्छाई के साथ बुराई चिपकी क्यों आती है।

ये रौशनी के साथ क्यूँ
धुआँ उठा चिराग़ से
ये ख्वाब देखती हूँ मैं
के जग पड़ी हूँ ख्वाब से
अजीब दास्ताँ है ये...

इस आध्यात्मिक सफ़र में पहला क़दम ही है, 'अद्भुत रस'। यह वह सफ़र है, जिसमें हम चल पड़ते हैं, सत्य को खोजने के लिए, जीवन की गुत्थी या राज़ को सुलझाने के लिए। 'अद्भुत रस' कोई ऐसा रस नहीं है, जिसे आप

अपनी मर्ज़ी से अपने अंदर पैदा करें, बल्कि यह तो अपने आप ही पनपता है। एक को पकड़ने जाते हैं तो दूसरा क्यों छूट जाता है।

मुबारकें तुम्हें के तुम
किसी के नूर हो गए
किसी के इतने पास हो
के सबसे दूर हो गए
अजीब दास्ताँ है ये...

अगर आप 'अद्भुत रस' का आनंद लेना चाहते हैं तो बस अपनी आँखें खोले रखिए ताकि ज़िंदगी के हर अनुभव से कुछ ना कुछ सीख मिले। किसी ने इस रस के बारे में ठीक ही कहा है कि आश्चर्य की अनुभूति तब होती है, जब व्यक्ति अपने स्वयं के अज्ञान को पहचानता है। जीवन के चमत्कार के प्रति सही दृष्टिकोण विकसित होकर, 'अद्भुत रस एक स्थायी भाव हो सकता है।'

किसी का प्यार ले के तुम
नया जहाँ बसाओगे
ये शाम जब भी आएगी
तुम हमको याद आओगे
अजीब दास्ताँ है ये...

1961 में, लता ने बर्मन के सहायक, जयदेव के लिए दो लोकप्रिय भजन, "अल्लाह तेरो नाम" और "प्रभु तेरो नाम" रिकॉर्ड किए। 1962 में, हेमन्त कुमार द्वारा रचित बीस साल बाद के गीत "कहीं दीप जले कहीं दिल" के लिए उन्हें अपने दूसरे फ़िल्मफेयर पुरस्कार से सम्मानित किया गया।

लता को 1962 की शुरुआत में धीमा जहर दिया गया था। एक डॉक्टर को बुलाया गया। वह जाँच करने के लिए एक एक्स-रे मशीन लेकर आया और दर्द से निजात हेतु बेहोश करने के लिए एक इंजेक्शन दिया। तीन दिनों तक उसका मौत से गहरा नाता रहा। दस दिनों के बाद, वह ठीक होने लगीं। डॉक्टर ने उसे बताया कि किसी ने उसे धीमा जहर दिया है। धीमे जहर की घटना ने उसे बहुत कमजोर कर दिया। करीब 3 महीने तक वह बिस्तर पर पड़ी रहीं। सबसे हैरान करने वाली बात यह रही कि घटना

के तुरंत बाद लता के घर पर काम करने वाला रसोइया बिना मजदूरी लिए अचानक गायब हो गया। रसोइया ने पहले फ़िल्म उद्योग के कुछ लोगों के साथ काम किया था। इस दौरान गीतकार मजरूह सुल्तानपुरी रोजाना शाम छह बजे लता के घर नियमित रूप से उनसे मिलने जाया करते थे। मजरूह पहले खाना चखते थे और फिर लता को खाने देते थे। वह लता को खुश रखने के लिए कविताएँ और कहानियाँ सुनाया करते थे।

फ़िल्मों में राग शिवरंजनी पर आधारित कई गीत लोकप्रिय हुए हैं। इनमें से हमने 1961 में प्रदर्शित फ़िल्म "बीस साल बाद" का एक लोकप्रिय गीत - "कहीं दीप जले कहीं दिल..." है। इस गीत के संगीतकार हेमन्त कुमार थे और इसे लता मंगेशकर ने स्वर दिया है। इस गीत के बारे में फ़िल्म संगीत के विख्यात इतिहासकार पंकज राग ने अपनी पुस्तक "धुनों की यात्रा" में लिखा है, - फ़िल्मिस्तान स्टूडिओ के बन्द होने के बाद संगीतकार हेमन्त कुमार ने स्वयं अपनी प्रोडक्शन कम्पनी बनाने की सोची। इस कम्पनी का नाम उन्होंने कविगुरु रवीन्द्रनाथ ठाकुर की प्रसिद्ध रचना गीतांजलि से प्रेरित होकर गीतांजलि पिक्चर्स रखा। हेमन्त कुमार ने इस नई प्रोडक्शन कम्पनी के बैनर तले रहस्य रोमांच से परिपूर्ण फ़िल्में बनाईं। इस शृंखला की पहली फ़िल्म थी, सर आर्थर कॉनन डायल के प्रसिद्ध उपन्यास "The Hound of the Baskervilles" से प्रभावित "बीस साल बाद"। 1961 में बनी इस हिन्दी फ़िल्म में शरलक होम्स तो न थे, और चूँकि हिन्दी फ़िल्म थी, अतः रोमांस के अवयव भी डालने जरूरी थे। फ़िल्म के रहस्यमय वातावरण को जीवन्त करता गीत - "कहीं दीप जले कहीं दिल..." तो आज भी लता मंगेशकर के सर्वश्रेष्ठ रहस्य गीतों में अपना स्थान रखता है। यह गीत इसलिए भी ऐतिहासिक है, क्योंकि इसी गीत से लता मंगेशकर के जीवन का एक बड़ा महत्वपूर्ण मोड़ जुड़ा है। दरअसल, उन दिनों लता मंगेशकर काफी बीमार हो गई थी और बीमारी से उठने के बाद उन्हें लगने लगा था कि उनकी आवाज़ पर भी बीमारी का बुरा असर पड़ा है। लता को लग रहा था कि रिहर्सलों में बात बन नहीं पा रही है। परन्तु हेमन्त कुमार ने उन्हें बिना बताए एक रिहर्सल को रिकार्ड कर लिया और उसी को रिकार्डिंग मान कर लता मंगेशकर को सुनाया और विश्वास दिला दिया कि उनकी आवाज़ पहले जैसी ही है। इस मुश्किल गीत को जब वे साफलतापूर्वक गा सकीं तो उन्हें अपना खोया हुआ आत्मविश्वास वापस मिल गया। इस गीत को लता मंगेशकर द्वारा 1967

में उद्घोषित अपने दस सर्वश्रेष्ठ गीतों में स्थान दिया। राग शिवरंजनी की छाया लिए यह गीत आज भी संगीत प्रेमियों को बेसुध कर देता है। फ़िल्म के गीतकार शकील बदायूनी ने दृश्य की माँग के अनुकूल गीत रचे और हेमन्त कुमार ने लगभग सभी गीतों में विभिन्न रागों का आधार दिया।

राग शिवरंजनी काफ़ी थाट के अन्तर्गत माना जाता है। इस राग में मध्यम और निषाद स्वर वर्जित होता है। शेष पाँच स्वर होने के कारण यह औड़व-औड़व जाति का राग होता है। इस राग में गान्धार स्वर कोमल प्रयोग किया जाता है। राग का वादी स्वर पंचम और संवादी स्वर षडज होता है। आरोह के स्वर हैं; सा, रे, ग (कोमल), प, ध, सां और अवरोह के स्वर हैं; सां, ध, प, ग(कोमल), रे, सा। इस राग के कोमल गान्धार स्वर को यदि शुद्ध गान्धार बना कर प्रयोग किया जाए तो राग भूपाली की अनुभूति होगी। यह ठुमरी अंग का राग माना जाता है। अतः इस राग में ठुमरी, दादरा, सुगम संगीत और फ़िल्म संगीत अधिक गाए जाते हैं। इस राग का गायन-वादन रात्रि के दूसरे प्रहर से लेकर मध्यरात्रि तक किया जाना उपयुक्त होता है। परन्तु ठुमरी रात्रि के पहले प्रहर में भी गायी जा सकती है। राग शिवरंजनी में शृंगार, विरह और भक्तिरस की रचनाएँ खूब निखरती हैं।

अब गीत पर आते हैं। चंदनघाट में एक अमीर ठाकुर ने गाँव की एक लड़की से बलात्कार कर दिया। इसके बाद वह आत्महत्या कर लेती है और जल्द ही ठाकुर की भी मृत्यु हो जाती है। ग्रामीणों का मानना है कि उस लड़की की आत्मा ने उसकी हत्या की है। ठाकुर के बेटे और भाई की भी मौत हो जाती है। बीस साल बाद ठाकुर के पोते कुमार विजय सिंह (विश्वजीत) आता है। ग्रामीण उसे उस पुश्तैनी घर से दूर रहने की चेतावनी देते हैं, जहाँ उसके पूर्वज मारे गए थे। लेकिन विजय अभी भी वहीं रहने की जिद करता है।

महल फ़िल्म का खंडहर अब एक आलीशान गेस्ट हाऊस में बदल चुका है। एक ल़म्बे अलाप के बाद टुनटुनटुन धुन के बीच लता के गले से लम्बा अलाप उभरता है। फिर सुरीले शब्द सुनाई देते हैं -

कहीं दीप जले कहीं दिल
ज़रा देख ले आ कर परवाने
तेरी कौन सी है मंज़िल
कहीं दीप जले कहीं दिल

ऐसा माना जाता है कि हिमालय के आस पास की पहाड़ी इलाके से इसका उदय हुआ है। यह राग कुछ ऐसा है मानो जैसे इस राग का आधार ही लोक संगीत है। राजस्थान की घरती को सुगन्धित करने वाली “राग मॉंड” की सुगंध के साथ ही इसमें राग पीलू जोकि हिंदी भाषी क्षेत्रों में प्रचलित है उसकी खनक भी इस राग में निहित है।

लता और मदन मोहन ने मिलकर शास्त्रीय रागों के बाद मध्य युग में विकसित रागों में प्रयोग आरम्भ किए। एक उदाहरण देखते हैं। जिससे पता चलेगा कि इस जोड़ी की फ़िल्म संगीत में इतनी प्रशंसा क्यों की जाती है। लता ने एक बार कहा था कि मदन भैया के गाने सुनने में बड़े सरस और सरल लगते हैं लेकिन उन्हें निभाना बड़ा कठिन था। जहाँआरा फ़िल्म की एक ग़ज़ल, “वो चुप रहें तो मेरे दिल के दाग़ जलते हैं” को लेते हैं। जो राग बहार के अभिनव प्रयोग पर आधारित है।

राग बहार की रचना काफी थाट से मानी गई है। आरोह में रे और अवरोह में ध स्वर वर्ज्य होने से इसकी जाति षाडव मानी जाती है स। इसमें गंधार कोमल तथा दोनों निषाद प्रयोग किए जाते है। वादी म और सम्वादी सा है

गायन - समय मध्य रात्रि है।

आरोह - सा म, म प मग म, ध नि सां । अथवा, नि सा ग म, प ग म, ध नि सां ।

अवरोह - सां, नि, प, म प, ग म रे सा ।

पकड़ - सा म, म प मग म, नि ध नि सां ।

किसी भी प्राचीन ग्रन्थ में राग बहार का उल्लेख नहीं मिलता है। अतः यह स्पष्ट है कि इस राग की रचना मुग़ल शासन के दौरान मध्य काल में हुई होगी।

राग बहार में तीन रागों, राग बागेश्वर, अड़ाना व मियाँ मल्हार का मिश्रण दिखाई पड़ता है। स्वयं भातखडे जी ने अपनी क्रमिक चौथी पुस्तक में बहार राग के लक्षणगीत के अंतर्गत लिखा बागेश्वरी, मल्हार सुम्मिलत,... सुर अड़ाना बीच चमकत. राग बहार में सा म, प ग म ध, स्वर समूह बागेश्वरी

से, नि ध नि, सां, नि प तथा ग म रे सा मल्हार से, और

अड़ाना राग से रे सां नि प लिए गए हैं।

यह उत्तरांग प्रधान राग है। इसकी चलन मध्य सप्तक के उत्तर अंग तथा तार सप्तक में अधिक होती है। वादी - संवादी की दृष्टि से भी यह उत्तरांग प्रधान राग है। इसका वादी स्वर 'म' उत्तरांग में आता है।

ग़ज़ल मदन मोहन को ग़ज़ल गायकी की धुनों का बादशाह कहा जाता है। ग़ज़ल फ़ारसी भाषा में बादशाहों के क़सीदे पढ़ने से निकली मानी जाती है। ग़ज़ल का अर्थ प्रेमियों की बातचीत होता है। उस युग में बादशाह अधिकांश समय महल से बाहर लड़ाइयों में मशगूल रहते थे। महीनों बेग़मों का मुँह देखने को नहीं मिलता था। लड़ाइयों की मुहिम पर ख़तरों के कारण उन्हें साथ भी नहीं ले जा सकते थे। बादशाह और सेनापति अक्सर लौंडेबाज़ होते थे। वे आपस में आशिक़ और माशूक़ कहलाते थे। शराब की प्यालियों में डूब कर एक दूसरे के शबाब की प्रशंसा करते रहते थे। वही ग़ज़ल कहलाने लगी। बाद में माशूक़ बदल कर माशूका हो गई। जहाँआरा एक मुग़ल क़ालीन प्रेम प्रसंग पर आधारित थी।

जहाँआरा 1964 में बनी हिन्दी भाषा की फ़िल्म है। इसका निर्देशन विनोद कुमार ने किया और इसमें भारत भूषण, माला सिन्हा, शशिकला और पृथ्वीराज कपूर मुख्य भूमिकाओं में हैं। इसमें मदन मोहन का संगीत और राजेन्द्र कृष्ण के गीत हैं। यह फ़िल्म जहाँआरा बेगम के जीवन पे आधारित है।

मिर्जा युसूफ चंगेजी (भारत भूषण) और जहाँआरा (माला सिन्हा) बचपन से ही अच्छे दोस्त रहे हैं। उनके बड़े होने पर हालत अब वैसे नहीं रहे हैं, जैसे पहले थे, क्योंकि जहाँआरा के पिता कोई और नहीं, बल्कि बादशाह शाहजहाँ हैं। पुरुषों को किसी भी परिस्थिति में राजकुमारी से मिलने की अनुमति नहीं है। हालाँकि जहाँआरा और मिर्जा चुपके से मिलते हैं और एक दूसरे से शादी करने का वादा करते हैं। फिर बादशाह की पत्नी, मुमताज महल (अचला सचदेव) का निधन हो जाता है।

बादशाह तबाह हो जाता है और अभी भी अपनी पत्नी की मृत्यु का शोक मनाते हुए, वह उसके नाम पर एक स्मारक बनाने का वचन लेता है (जिसे बाद में ताजमहल कहा जाएगा)। अपनी मृत्यु के करीब होते हुए मुमताज जहाँआरा से वादा लेती है कि वह अपने पिता की देखभाल

करेगी। यह जिम्मेदारी उसे मिर्जा के लिए अपने प्यार का त्याग करने के लिए मजबूर करती है, जिसका दिल टूट जाता है और वह यह विश्वास करना जारी रखता है कि जहाँआरा कभी ना कभी उसके साथ फिर से मिल जाएगी।

मिर्ज़ा रक्काशा के कोठे पर ग़म पिघलाने पहुँचता है। तब मुजरा के ज़रिए मिर्ज़ा के दिल की हालत बयाँ होती है।

वो चुप रहें तो मेरे दिल के दाग़ जलते हैं
जो बात कर लें तो बुझते चराग़ जलते हैं

मिर्ज़ा पूछ रहा है,

हम अपनी राह चलें या तुम्हारी राह चलें
बुझें तो ऐसे के किसी ग़रीब का दिल
किसी ग़रीब का दिल
जलें तो ऐसे के जैसे चराग़ जलते हैं

औरंगज़ेब की सख़्त निगाहें जहाँआरा पर पहरा देती हैं। उधर वह भी पिता की सेवा और ताज महल के ख़्वाब की ताबीर में व्यस्त है।

यह खोई खोई नज़र
कभी तो होगी या सदा रहेगी उधर
उधर तो एक सुलग़ता हुआ है वीराना
है एक वीराना
मगर इधर तो बहारों में बाग़ जलते हैं

ख़ामोश मिर्ज़ा अंदर ही अंदर जला जा रहा है।

जो अश्क़ पी भी लिए
जो होंठ सी भी लिए, तो सितम ये किसपे किए
कुछ आज अपनी सुनाओ कुछ आज मेरी सुनो
ख़ामोशिओं से तो दिल और दिमाग़ जलते हैं

लता अपनी शास्त्रीय योग्यता सिद्ध कर चुकी थीं। उसने भयानक ग़रीबी में दिन काटे थे। जीवन में पैसों की अहमियत ठीक से समझती थीं। वह साथ ही साथ हल्की रागों के गीतों से कमाई भी करती जा रही थीं, जो की बाएँ हाथ का काम था। लता के संगीत निर्देशक लक्ष्मीकांत-प्यारेलाल के साथ जुड़ाव की शुरुआत 1960 के दशक में हुई, जिनके लिए उन्होंने अपने करियर के सबसे लोकप्रिय गाने गाए। लक्ष्मीकांत-प्यारेलाल का जुड़ाव 1963 में 'पारस मणि' से शुरू हुआ। लता मंगेशकर ने इस संगीतकार जोड़ी के लिए 700 से अधिक गाने गाए, जिनमें से कई बहुत हिट हुए। उन्होंने पारस मणि (1963), मिस्टर एक्स इन बॉम्बे (1964), आए दिन बहार के (1966), मिलन (1967), अनीता (1967), शागिर्द (1968), मेरे हमदम मेरे दोस्त (1968), इंतकाम (1969), दो रास्ते (1969) और जीने की राह।

लता ने तत्कालीन प्रधानमंत्री जवाहरलाल नेहरू की उपस्थिति में 27 जनवरी, 1963 को, भारत-चीन युद्ध की पृष्ठभूमि पर देशभक्ति गीत "ऐ मेरे वतन के लोगों" गाया। कहा जाता है कि सी. रामचंद्र द्वारा रचित और कवि प्रदीप द्वारा लिखित इस गीत ने प्रधानमंत्री की आँखों में आँसू ला दिए थे।

1963 में लता एस. डी. बर्मन के साथ वापस लौटीं। उन्होंने आर डी बर्मन की पहली फ़िल्म, छोटे नवाब (1961) और बाद में उनकी फ़िल्मों जैसे भूत बंगला (1965), पति पत्नी (1966), बहारों के सपने (1967) और अभिलाषा (1969) में गाया था। उन्होंने एसडी बर्मन के लिए कई लोकप्रिय गाने भी रिकॉर्ड किए, जिनमें आज फिर जीने की तमन्ना है, गाता रहे मेरा दिल (किशोर कुमार के साथ युगल गीत) और गाइड (1965) से पिया तोसे, ओंठों पे ऐसी बात और तलाश से कितनी अकेली कितनी तन्हा शामिल हैं।

उन्होंने मराठी फ़िल्मों के लिए कई पार्श्व गीत भी गाए, जिनमें हृदयनाथ मंगेशकर, वसंत प्रभु, श्रीनिवास खले, सुधीर फड़के सहित अन्य मराठी संगीत निर्देशकों ने छद्म नाम आनंदघन के तहत संगीत दिया। 1960 और 1970 के दशक के दौरान, उन्होंने सलिल चौधरी और हेमंत कुमार जैसे संगीत निर्देशकों द्वारा रचित कई बंगाली गीत भी गाए।

लता ने 1967 में संगीत निर्देशक लक्ष्मण बर्लेकर के लिए दो गाने रिकॉर्ड करके फ़िल्म क्रांतिवीर संगोली रायन्ना के लिए कन्नड़ में शुरुआत की। "बेलाने बेलागायिथु" गीत को खूब सराहा गया।

लता ने मुकेश, मन्ना डे, महेंद्र कपूर, मोहम्मद रफ़ी और किशोर कुमार के साथ युगल गीत 1960 के दशक में रिकॉर्ड किए।

उन्होंने एसडी बर्मन की आखिरी फ़िल्मों के लिए कई लोकप्रिय गाने रिकॉर्ड किए, जिनमें प्रेम पुजारी (1970), शर्मीली (1971) से खिलते हैं गुल यहाँ और अभिमान (1973) से पिया बिना और मदन मोहन की आखिरी फ़िल्म दस्तक (1970), हीर रांझा (1970), दिल की राहें (1973), हिंदुस्तान की कसम (1973), हंसते ज़ख्म (1973), मौसम (1975) और लैला मजनू (1976) सहित कई फ़िल्में शामिल हैं।

लता मंगेशकर के कई उल्लेखनीय गीतों की संगीत रचना लक्ष्मीकांत-प्यारेलाल और राहुल देव बर्मन ने 1970 के दशक में की थी। 1970 के दशक में लक्ष्मीकांत-प्यारेलाल द्वारा रचित उनके कई गीत गीतकार आनंद बख्शी द्वारा लिखे गए थे। उन्होंने राहुल देव बर्मन के साथ अमर प्रेम (1972), कारवां (1971), कटी पतंग (1971) और आँधी (1975) फ़िल्मों में कई हिट गाने भी रिकॉर्ड किए। मजरूह सुल्तानपुरी, आनंद बख्शी और गुलज़ार के साथ अपने गीतों के लिए जाने जाते हैं। 1972 में मीना कुमारी की आखिरी फ़िल्म पाक़ीज़ा रिलीज हुई थी। इसमें लता मंगेशकर द्वारा गुलाम मोहम्मद द्वारा रचित धुनों पर लोकप्रिय गीत गाए हैं।

1973 में, उन्होंने आर डी बर्मन द्वारा रचित और गुलज़ार द्वारा लिखित फ़िल्म परिचय के गीत, "बीती ना बिताई रैना" के लिए सर्वश्रेष्ठ महिला पार्श्व गायिका का राष्ट्रीय फ़िल्म पुरस्कार जीता। 1974 में, उन्होंने सलिल चौधरी द्वारा रचित और वायलार रामवर्मा द्वारा लिखित फ़िल्म नेल्लू के लिए अपना एकमात्र मलयालम गीत "कदली चेनकदली" गाया। 1975 में, उन्होंने फिर से राष्ट्रीय पुरस्कार जीता, इस बार कल्याणजी-आनंदजी द्वारा रचित फ़िल्म "कोरा कागज़" के गीत "रूठे रूठे पिया" के लिए।

लता ने भारत और विदेशों में कई संगीत कार्यक्रमों का भी मंचन किया है, जिसमें कई चैरिटी संगीत कार्यक्रम भी शामिल हैं। विदेश में उनका पहला संगीत कार्यक्रम 1974 में लंदन के रॉयल अल्बर्ट हॉल में था और ऐसा करने वाले वे पहली भारतीय थीं।

उन्होंने मीराबाई के भजनों का एक एल्बम, "चल वही देस" भी जारी किया, जिसे उनके भाई हृदयनाथ मंगेशकर ने संगीतबद्ध किया था। एल्बम के

कुछ भजनों में "साँवरे रंग रांची" और "उड़ जा रे कागा" शामिल हैं। 1970 के दशक की शुरुआत में, उन्होंने अन्य गैर-फ़िल्मी एल्बम जारी किए, जैसे कि गालिब ग़ज़लों का उनका संग्रह, मराठी लोक गीतों का एक एल्बम (कोली-गीते), गणेश आरती का एक एल्बम (सभी उनके भाई हृदयनाथ द्वारा रचित) और एक एल्बम श्रीनिवास खले द्वारा रचित संत तुकाराम के "अभंग"।

1978 में राजकपूर द्वारा निर्देशित 'सत्यम शिवम सुंदरम' में, लता मंगेशकर ने वर्ष के चार्ट-टॉपर्स में मुख्य थीम गीत "सत्यम शिवम सुंदरम" गाया। फ़िल्म की कहानी लता मंगेशकर से प्रेरित है जिसका खुलासा कपूर की बेटी रितु नंदा ने अपनी नवीनतम पुस्तक में किया था। पुस्तक में कपूर को यह कहते हुए उद्धृत किया गया है, "मैंने एक ऐसे पुरुष की कहानी की कल्पना की थी, जो एक साधारण चेहरे वाली, लेकिन एक सुनहरी आवाज़ वाली महिला की भूमिका लिए लता मंगेशकर को लेना चाहता था।"

1970 के दशक के अंत और 1980 के दशक की शुरुआत में, उन्होंने उन संगीतकारों के बच्चों के साथ काम किया, जिनके साथ उन्होंने पहले काम किया था। इनमें से कुछ संगीतकारों में सचिन देव बर्मन के बेटे राहुल देव बर्मन, रोशन के बेटे राजेश रोशन, सरदार मलिक के बेटे अनु मलिक और चित्रगुप्त के बेटे आनंद-मिलिंद शामिल थे। उन्होंने असमिया भाषा में कई गाने भी गाए और असमिया संगीतकार भूपेन हजारिका के साथ बहुत अच्छे संबंध विकसित किए। उन्होंने उनके निर्देशन में कई गाने गाए; रुदाली (1993) के गाने "दिल हूम हूम करे" ने उस साल सबसे ज्यादा रिकॉर्ड बिक्री की।

लता मंगेशकर ने 1980 के दशक में सिलसिला, फ़ासले, विजय, चाँदनी, उस्तादी उस्ताद से, बेजुबान, फ़र्ज़, एक दूजे के लिए, सिलसिला, प्रेम रोग, हीरो, प्यार झुकता नहीं, राम तेरी गंगा मैली, नगीना, राम लखन, आनंद और सत्या फ़िल्मों में गाया। संगीतकार इलैयाराजा के गीतों "आरारो आरारो" और "वलाई ओसाई" के दो बैक-टू-बैक गायन के साथ तमिल फ़िल्मों में गाया।

1980 के दशक में संगीतकार जोड़ी लक्ष्मीकांत-प्यारेलाल ने लता को अपनी सबसे बड़ी हिट - आशा में "शीशा हो या दिल हो", कर्ज़ में "तू कितने बरस का", दोस्ताना में "कितना आसन है" गाया था। आस पास में "हम को भी गम", नसीब में "मेरे नसीब में", क्रांति में "ज़िंदगी की ना

टूटे", एक दूजे के लिए में "सोलह बरस की बाली" प्रेम रोग में "ये गलियाँ ये चौबारा", अर्पण में "लिखने वाले ने लिख डाले", अवतार "प्यार करने वाले" और "निंदिया से जगी" में "दिन महीने साल" शामिल हैं। इन वर्षों में लता के लिए राहुल देव बर्मन की कुछ रचनाओं में अलीबाबा और 40 चोर में "आजा सर-ए-बाज़ार", फिर वही रात में "बिंदिया तरसे", सितारा में "थोड़ी सी ज़मीन" शामिल हैं। रॉकी में "क्या यही प्यार है", लव स्टोरी में "देखो मैंने देखा", कुदरत में "तूने ओ रंगीले", शक्ति में "जाने कैसे कब", हम बेताब में "जब जवान होंगे", अगर तुम ना होते में "हमें और जीने", मासूम में "तुझसे नराज नहीं", "कहीं ना जा" और "जीवन के दिन", बड़े दिल वाला में "जाने क्या बात", अर्जुन में "भूरी भूरी आँखें", सागर में "सागर किनारे", लिबास में "क्या भला है क्या", "खामोश सा अफ़साना" और "सीली हवा छू"। लूटमार और मन पसंद में देव आनंद के साथ राजेश रोशन के सहयोग के परिणाम स्वरूप क्रमशः "पास हो तुम मगर क़रीब" और "सुमनसुधा रजनी गंधा" जैसे गाने आए।

मोहम्मद ज़हूर खय्याम ने 80 के दशक के दौरान लता मंगेशकर के साथ काम करना जारी रखा और थोड़ीसी बेवफ़ाई, चंबल की कसम ना जाने में "हज़ार राहें मुड़कर" (किशोर कुमार के साथ युगल गीत) जैसे गीतों की रचना की। दर्द में "क्या हुआ", दिल-ए-नादान में "चाँदनी रात में", बाजार में "दिखाई दीये", दिल-ए-नादान में "चाँद के पास", एक नया रिश्ता में "लोरी" और किरण में "शोखियाँ से भर लीन तुम्हें" और "आजा निंदिया आजा।"

बप्पी लाहिरी ने लता के लिए कुछ गीतों की रचना की, जैसे सबूत में "दूरियाँ सब मिटा दो", पतिता में "बैठे बैठे आज आई", समझौते में "जाने क्यों मुझे"। 80 के दशक के दौरान, लता ने रवींद्र जैन के लिए राम तेरी गंगा मैली, शमा में "चाँद अपना सफ़र", "शायद मेरी शादी" और "ज़िदगी प्यार का" जैसे हिट गाने गाए। सौतन की बेटी में उषा खन्ना के लिए "हम भूल गए रे"। हृदयनाथ मंगेशकर ने चक्र, "ये आँखें देख कर" और धनवान में "कुछ लोग मोहब्बत को"। असमिया गीत में "मुझरो तुम याद करना" में "काले काले गहरे सी" की थी। जोनाकोर रति डॉ. भूपेन हजारिका के संगीत और गीत के साथ, अमर-उत्पल के लिए शहंशाह में "जाने दो मुझे", गंगा जमुना सरस्वती में "साजन मेरा उस पार" और "मेरे प्यार की उमर" वारिस में उत्तम जगदीश के लिए गाया।

जून, 1985 में यूनाइटेड वे ऑफ ग्रेटर टोरंटो ने लता मंगेशकर को मेपल लीफ गार्डन में प्रस्तुति देने के लिए आमंत्रित किया। ऐनी मरे के अनुरोध पर, लता ने अपना गीत "यू नीड मी गाया। कॉन्सर्ट में 12,000 लोगों ने भाग लिया, जिसने चैरिटी के लिए $150,000 जुटाए।

1990 के दशक के दौरान, उन्होंने आनंद-मिलिंद, नदीम-श्रवण, जतिन ललित, दिलीप सेन-समीर सेन, उत्तम सिंह, अनु मलिक, आदेश श्रीवास्तव और ए.आर. रहमान सहित कई संगीत निर्देशकों के साथ गाने रिकॉर्ड किए। उन्होंने जगजीत सिंह के साथ ग़ज़लों सहित कुछ गैर-फ़िल्मी गाने रिकॉर्ड किए। उन्होंने कुमार शानू, अमित कुमार, एस.पी. बालसुब्रह्मण्यम, उदित नारायण, हरिहरन, सुरेश वाडकर, मोहम्मद अजीज, अभिजीत भट्टाचार्य, रूप कुमार राठौड़, विनोद राठौड़, गुरदास मान और सोनू निगम के साथ भी गाया है।

1990 में, मंगेशकर ने हिंदी फ़िल्मों के लिए अपना खुद का प्रोडक्शन हाउस लॉन्च किया, जिसने गुलजार द्वारा निर्देशित फ़िल्म "लेकिन" का निर्माण किया... उन्होंने फ़िल्म के गीत "यारा सिली सिली" के गायन के लिए सर्वश्रेष्ठ महिला पार्श्व गायिका का तीसरा राष्ट्रीय फ़िल्म पुरस्कार जीता, जिसकी रचना उनके भाई हृदयनाथ ने की थी।

लता मंगेशकर ने यश राज फ़िल्मस की लगभग सभी यश चोपड़ा फ़िल्मों और फ़िल्मों के लिए गाया है, जिनमें चाँदनी, लम्हे, डर, ये दिल्लगी, दिलवाले दुल्हनिया ले जाएँगे, दिल तो पागल, मोहब्बतें, मुझसे दोस्ती करोगे! और वीर-ज़ारा शामिल रहीं।

ए.आर. रहमान ने इस अवधि के दौरान लता मंगेशकर के साथ कुछ गाने रिकॉर्ड किए, जिनमें दिल से में "जिया जले", वन 2 का 4 में "ख़ामोशियाँ गुनगुनाने लगीं", पुकार में "एक तू ही भरोसा", जुबैदा में "प्यारा सा गाँव" और "सो गए हैं", रंग दे बसंती में "लुक्का छुपी", लगान में "ओ पालनहारे" और रौनक में लाडली। उन्होंने फ़िल्म पुकार में "एक तू ही भरोसा" गाते हुए ऑन-स्क्रीन उपस्थिति दर्ज की।

1994 में, लता मंगेशकर ने श्रद्धांजलि - माई ट्रिब्यूट टू द इम्मोर्टल्स को रिलीज़ किया। एल्बम की ख़ासियत यह है कि लता उस समय के अमर गायकों के कुछ गीतों को अपनी आवाज़ में प्रस्तुत करके उन्हें श्रद्धांजलि अर्पित करती हैं। जिसमें के एल सहगल, मोहम्मद रफ़ी, हेमंत कुमार, मुकेश,

पंकज मलिक, किशोर कुमार, गीता दत्त, जोहराबाई, अमीरबाई, पारुल घोष और कानन देवी के गाने गाए।

लता मंगेशकर ने राहुल देव बर्मन के पहले और आखिरी दोनों गाने गाए। 1994 में, उन्होंने अपना अंतिम गीत गाया; राहुल देव बर्मन के लिए, "कुछ ना कहो" : 1942 एक प्रेम कहानी के लिए रिकार्ड किया।

1999 में, लता एउ डी परफम, उनके नाम पर एक परफ्यूम ब्रांड, लॉन्च किया गया था। उन्हें उसी वर्ष लाइफटाइम अचीवमेंट के लिए ज़ी सिने अवार्ड से भी सम्मानित किया गया था। 1999 में, लता मंगेशकर को राज्यसभा के सदस्य के रूप में नामित किया गया था। हालाँकि वह राज्यसभा के सत्र में नियमित रूप से शामिल नहीं हुईं, जिसकी उपसभापति नज़मा हेपतुल्ला, प्रणब मुखर्जी और शबाना आज़मी सहित सदन के कई सदस्यों ने आलोचना की। उन्होंने अपनी अनुपस्थिति का कारण अस्वस्थता बताया; यह भी बताया गया कि उन्होंने संसद सदस्य होने के लिए दिल्ली में कोई वेतन, भत्ता या घर नहीं लिया था।

2001 में, लता मंगेशकर को भारत के सर्वोच्च नागरिक सम्मान भारत रत्न से सम्मानित किया गया था।

उन्होंने पुणे में मास्टर दीनानाथ मंगेशकर अस्पताल की स्थापना की, जिसका प्रबंधन लता मंगेशकर मेडिकल फाउंडेशन (अक्टूबर, 1989 में मंगेशकर परिवार द्वारा स्थापित) द्वारा किया जाता है। 2005 में, उन्होंने स्वर्णजलि नामक एक आभूषण संग्रह तैयार किया, जिसे अडोरा, एक भारतीय हीरा निर्यात कंपनी द्वारा तैयार किया गया था। संग्रह से पाँच टुकड़ों ने क्रिस्टी की नीलामी में 105,000 पाउंड जुटाए, और पैसे का एक हिस्सा 2005 के कश्मीर भूकंप राहत के लिए दान किया गया था। इसके अलावा 2001 में, उन्होंने संगीतकार इलैयाराजा के साथ फ़िल्म "लज्जा" के लिए अपना पहला हिंदी गीत रिकॉर्ड किया; इससे पहले उन्होंने इलैयाराजा द्वारा रचित तमिल और तेलुगु गाने रिकॉर्ड किए थे।

लता मंगेशकर का गीत "वादा ना तोड़" फ़िल्म इटरनल सनशाइन ऑफ द स्पॉटलेस माइंड (2004) और इसके साउंडट्रैक में शामिल किया गया था।

21 जून, 2007 को, उन्होंने सादगी एल्बम जारी किया, जिसमें जावेद अख़्तर द्वारा लिखित और मयूरेश पई द्वारा रचित आठ ग़ज़ल जैसे गाने थे।

12 अप्रैल, 2011 को, मंगेशकर ने सरहदीनः म्यूजिक बियॉन्ड बाउंड्रीज़ एल्बम जारी किया, जिसमें मंगेशकर और मेहदी हसन (पाकिस्तान के फरहाद शहजाद द्वारा लिखित) का युगल गीत "तेरा मिलना बहुत अच्छा लगे" शामिल है। एल्बम में उषा मंगेशकर, सुरेश वाडकर, हरिहरन, सोनू निगम, रेखा भारद्वाज और एक अन्य पाकिस्तानी गायक, गुलाम अली, मयूरेश पाई और अन्य की रचनाओं के साथ हैं।

14 साल बाद, मंगेशकर ने संगीतकार नदीम-श्रवण के लिए एक गाना रिकॉर्ड किया; बेवफ़ा (2005) के लिए "कैसे पिया से"। पेज 3 (2005) के लिए "कितने अजीब रिश्ते हैं यहाँ पर" और जेल (2009) के लिए "दाता सुन ले" के बाद, शमीर टंडन ने एक बार फिर मंगेशकर के साथ एक गाना रिकॉर्ड किया; सतरंगी पैराशूट (2011) फ़िल्म के लिए "तेरे हंसने से मुझको आती है हंसी"। एक अंतराल के बाद, मंगेशकर पार्श्व गायन में वापस आईं और उन्होंने अपने स्टूडियो में डुन्नो वाई 2 के लिए "जीना क्या है, जाना मैंने" गीत रिकॉर्ड किया... लाइफ इज ए मोमेंट (2015), कपिल शर्मा की क्वीर प्रेम कहानी डन्नो वाई की अगली कड़ी है। ...ना जाने क्यूँ।

28 नवंबर, 2012 को मंगेशकर ने मयूरेश पाई द्वारा रचित भजनों के एक एल्बम, स्वामी समर्थ महामंत्र के साथ अपना खुद का संगीत लेबल, एलएम म्यूजिक लॉन्च किया। उसने अपनी छोटी बहन उषा के साथ एल्बम में गाया था। 2014 में, उन्होंने एक बंगाली एल्बम, शूरोधवानी रिकॉर्ड किया, जिसमें सलिल चौधरी की कविता भी शामिल थी, जिसे पई ने भी संगीतबद्ध किया था। 30 मार्च, 2019 को, मंगेशकर ने मयूरेश पई द्वारा रचित गीत "सौगंध मुझे इस मिट्टी की" भारतीय सेना और राष्ट्र को श्रद्धांजलि स्वरूप जारी किया।

6

सराहना का सर्वोच्च शिखर

लता मंगेशकर अब तक 20 से अधिक भाषाओं में 30000 से अधिक गाने गा चुकी हैं। लता मंगेशकर ने 1980 के बाद से फ़िल्मों में गाना कम कर दिया और स्टेज शो पर अधिक ध्यान देने लगीं। लता ही एकमात्र ऐसी जीवित व्यक्ति थीं, जिनके नाम से पुरस्कार दिए जाते थे। लता मंगेशकर ने आनंद घन बैनर तले फ़िल्मों का निर्माण भी किया है और संगीत भी दिया है। वे हमेशा नंगे पाँव गाना गाती थीं।

फ़िल्मों से बाहर, खासतौर पर अपने भाई हृदयनाथ मंगेशकर के लिए गाते हुए उन्होंने अपनी कला को एक और ऊँचाई दी। ग़ालिब और मीरा का उनका गायन हमेशा एक विलक्षण उदाहरण रहेगा। उनके श्रद्धांजली एलबम अद्भुत हैं। मीरा को लता मंगेशकर ओर किशोरी अमोनकर ने संगीत में जैसे जीवित किया, वह अद्भुत ही कहा जाएगा।

यह कहना भी ज़रूरी है कि लता ने गायन की जो अलंघ्य ऊँचाई निर्मित की, वह गहन गंभीर रूमानी गीतों से हुई, जिसमें करुणा का एक अंश हमेशा मिला हुआ था। लता जी एकमात्र ऐसी जीवित महिला गायिका थीं जिनके नाम से संगीत के सबसे सम्मानित पुरस्कारों में एक 'लता मंगेशकर सम्मान' दिया जाता है।

लता मंगेशकर को ढेरों पुरस्कार और सम्मान मिले। जितने मिले उससे ज्यादा के लिए उन्होंने मना कर दिया। 1970 के बाद उन्होंने फ़िल्मफेअर को कह दिया कि वे सर्वश्रेष्ठ गायिका का पुरस्कार नहीं लेंगी और उनकी बजाय

नए गायकों को यह दिया जाना चाहिए। लता को मिले प्रमुख सम्मान और पुरस्कार इस तरह से हैं :

भारत सरकार पुरस्कार

1969 – पद्म भूषण

1989 – दादा साहेब फाल्के पुरस्कार

1999 – पद्म विभूषण

2001 – भारत रत्न

राष्ट्रीय फ़िल्म पुरस्कार

1972 – फ़िल्म 'परी' के गीतों के लिए सर्वश्रेष्ठ महिला पार्श्व गायिका का राष्ट्रीय फ़िल्म पुरस्कार

1974 – फ़िल्म 'कोरा कागज़' के गीतों के लिए सर्वश्रेष्ठ महिला पार्श्व गायिका का राष्ट्रीय फ़िल्म पुरस्कार

1990 – फ़िल्म 'लेकिन' के गीतों के लिए सर्वश्रेष्ठ महिला पार्श्व गायिका का राष्ट्रीय फ़िल्म पुरस्कार

फ़िल्मफ़ेयर अवार्ड्स

1959 – "आजा रे परदेसी" (मधुमती)

1963 – "कहीं दीप जले कहीं दिल" (बीस साल बाद)

1966 – "तुम मेरे मंदिर तुम मेरी पूजा" (खानदान)

1970 – "आप मुझे अच्छे लगने लगे" (जीने की राह से)

1993 – फ़िल्मफ़ेयर लाइफटाइम अचीवमेंट अवार्ड

1994 – "दीदी तेरा देवर दीवाना" (हम आपके हैं कौन) के लिए विशेष पुरस्कार

2004 – फ़िल्मफ़ेयर स्पेशल अवार्ड : 50 साल पूरे करने वाले फ़िल्मफ़ेयर अवार्ड्स के अवसर पर एक गोल्डन ट्रॉफी प्रदान की गई

महाराष्ट्र राज्य फ़िल्म पुरस्कार

1966 - सर्वश्रेष्ठ पार्श्वगायिका

1966 - सर्वश्रेष्ठ संगीत निर्देशक ('आनंदघन' नाम से)

1977 - जैत रे जैत के लिए सर्वश्रेष्ठ पार्श्व गायिका

1997 - महाराष्ट्र भूषण पुरस्कार

2001 - महाराष्ट्र रत्न

इन फ़िल्मों के लिए बंगाल फ़िल्म जर्नलिस्ट्स एसोसिएशन अवार्ड्स बेस्ट फ़ीमेल प्लेबैक सिंगर अवॉर्ड आदान किए गए थे।

1964 - वो कौन थी

1967 - मिलन

1968 - राजा और रंक

1969 - सरस्वतीचंद्र

1970 - दो रास्ते

1971 - तेरे मेरे सपने

1972 - पाक़ीज़ा

1973 - बॉन पलाशिर पदबाली (बंगाली फ़िल्म)

1973 - अभिमान

1975 - कोरा कागज़

1981 - एक दूजे के लिए

1985 - राम तेरी गंगा मैली

1987 - अमरसंगी (बंगाली फ़िल्म)

1991 - लेकिन

इनके अलावा ढेर सारे पुरस्कार, सम्मान और ट्रॉफियाँ। 1984 से मध्यप्रदेश सरकार ने लता मंगेशकर के नाम पर पुरस्कार प्रदान कर रही है। इसी प्रदेश के इंदौर राज्य सरकार ने लता मंगेशकर संगीत अकादमी स्थापित किए जाने का प्रस्ताव पारित किया है।

विचार

- जो माहौल पैदा करने में हमें तीन घँटे लगते हैं, वह काम लता तीन मिनट में कर दिखाती है।

(उस्ताद अमीर ख़ान)

- सुर जब सही लगता है, तो आत्मा और परमात्मा का मिलन होता है। लता जी को सुन कर हमेशा यही अनुभव होता है।

(अमिताभ बच्चन)

- अगर ताज महल दुनिया का सातवाँ अजूबा है, तो फिर लता मंगेशकर को आठवाँ अजूबा मानना पड़ेगा।

(उस्ताद अमजद अली ख़ान)

- लता जब आई, तो हम संगीतकार आश्वस्त हो गए कि अब हम धुनें बनाते समय, संगीत की किसी भी गहराई तक डूब सकते हैं, और अगर हमारी धुन पेचीदा भी हुई, तो भी उसमें मिठास बनी रहेगी, क्योंकि लता के लिए कुछ भी गाना असम्भव नहीं है।

(अनिल बिस्वास)

- जो मिठास उनकी आवाज़ में है, वह उनके स्वभाव में भी है। उन्हें जानना और उनके साथ काम करना एक अनोखा अनुभव है।

(बी. आर. चोपड़ा)

- कमबख़्त कभी बेसुरी होती ही नहीं।

(बड़े गुलाम अली खाँ)

- लता की ही वजह से आज जनसामान्य में शास्त्रीय संगीत लोकप्रिय हो चला है।

(पंडित भीमसेन जोशी)

- जिस क्षण लताजी ने मेरा पहला गीत गाने की शुरुआत की, उसी क्षण मैं जान गया था कि वह गीत अमर होगा। उनके लिए धुनें बनाना, अरे उनकी शताब्दी में जन्म पा कर, उनका गायन सुन पाना भर सौभाग्य से कम नहीं।

(डॉ. भूपेन हज़ारिका)

- वैसे तो वह चन्द फुट और चन्द इंच की सफ़ेद साड़ी में लिपटी हुई, सहमी-सी एक लड़की है। पर उसकी आवाज़ वह तो रौशनी है, जो आलम के गोशे-गोशे में मौसीक़ी का उजाला फ़ैलाती है। और आपके जो यह टेप और सी.डी. हैं, इनकी तो आने वाली नस्लें अहसानमन्द होंगी कि इन्हीं पर लता का फ़न कुरेदा हुआ है। लेकिन दरहक़ीक़त खुशकिस्मत तो वह हैं, जिनका उसके साथ उठना-बैठना रहा है

(दिलीप कुमार)

- आज से 500 साल बाद, भारतीय संगीत के दो ही नाम याद किए जाएँगे - तानसेन और लता।

(छायाकार गौतम राज्याध्यक्ष)

- बुजुर्गों से सुना था कि सरस्वती और लक्ष्मी साथ नहीं रहतीं, लेकिन लताजी को देखिए।

(पंडित हरि प्रसाद चौरसिया)

- बड़ी ख़ुशियाँ तो ज़िंदगी में चार-पाँच बार ही आती हैं। हमें ध्यान देना चाहिए जीवन के उन लाखों-करोड़ों क्षणों पर, जो लता के गीतों से प्रफुल्लित हैं।

(हृषिकेश मुखर्जी)

- हर किसी वस्तु का पर्याय मिल ही जाता है। अगर नहीं मिलता, तो लता जी की दैवीय आवाज़ का।

(इल्लैयाराजा)

- बीसवीं शताब्दी की तीन ही बातें याद रहेंगी :

  1. लता मंगेशकर का जन्म
  2. चाँद पर मानव का पहला कदम
  3. बर्लिन दीवार का ध्वंस

(जगजीत सिंह)

- लताजी ने हम पर बड़ा अहसान किया है कि वह क्लासिकल नहीं गातीं!

(पंडित जसराज)

- हमारे पास एक चाँद है, एक सूरज है और एक लता मंगेशकर है।

(जावेद अख़्तर)

- बचपन से लताजी को सुनते-सुनते मुझे विश्वास हो चला है कि संगीत केवल मनोरंजन का जरिया नहीं, ईश्वर तक पहुँचने का मार्ग है।

(कविता कृष्णमूर्ति)

- तानपुरे से निकलने वाला गंधार शुद्ध रूप में सुनना चाहो तो लता का आएगा आने वाला... गीत सुनो।'

(पंडित कुमार गन्धर्व)

- मेरे गीतों में रद्दो-बदल करने का हक़ गायकों में सिर्फ़ लता को ही हासिल है।

(मजरूह सुलतानपुरी)

- लताजी के गाए करुण गीतों पर अभिनय करते हुए मुझे कभी ग्लिसरीन इस्तेमाल करने की ज़रूरत नहीं पड़ी।

(नर्गिस दत्त)

- मैं नहीं जानता कि मदन मोहन लता जी के लिए बने थे, या लता जी मदन मोहन के लिए, लेकिन आज तक मदन मोहन जैसा संगीतकार नहीं हुआ, और लता जी जैसी गायिका नहीं हुई।

(ओ. पी. नय्यर)

- लोता गाएगा न? फिर हम सेफ़ है।

(एस. डी. बर्मन)

- लता गाती है, बाकी सब रोते हैं।

(सज्जाद हुसैन)

- सालों से मैंने लता को इतनी नज़दीक से जाना है कि मेरा ख्याल था कि मैं उसे खुली किताब की तरह पढ़ सकता हूँ। लेकिन जब कभी मैं उसे माइक्रोफोन के सामने खड़ी देखता हूँ, तो लगता है कि यह व्यक्ति कौन है? क्योंकि तब वह एक देवी की तरह हो जाती है। वह गाती है, तब उसके पैर छूने को मन करता है।

(सलिल चौधरी)

- कामयाबी की चोटी पर तो कई पहुँचे, पर लता जी की बात और है। लता जी एक बार वहाँ पहुँचीं तो वहीं रहीं।

(सलीम ख़ान)

- कई गायक तानपुरे के साथ सुर नहीं लगा पाते। दीदी का सुर इतना पक्का है कि आप दीदी के सुर पर तानपुरा मिला सकते हैं।

(श्रीनिवास खळे)

- लताजी एक ही ऐसी हैं, जिनकी फ़िल्म इण्डस्ट्री में हर कोई इज्जत करता है।

(तलत महमूद)

- आम आदमी को इससे कोई मतलब नहीं कि राग मालकौंस था और ताल त्रिताल। उसे तो चाहिए वह मिठास, जो उसे आह्लाद दे, जिसका वह अनुभव कर सके। यही लता की लोकप्रियता का मुख्य मर्म है।

(वि.स. खाण्डेकर)

- मेरी जीवनसंध्या के इन वर्षों में आजकल जब मैं शाम को टहलने निकलता हूँ, तब पश्चिम में डूबते सूरज की कलात्मक लालिमा मन को अवश्य आनंद देती है। पर लौटते वक्त, मेरी वृद्ध आँखों के सामने गहराते अँधेरे में, मुझे किसी कला की अनुभूति नहीं होती। निराशा की उस मनःस्थिति में भी मुझे दो ऐसी बातें मिल जाती हैं, जिससे विषाद की छाया छँट जाती हैः एक तो रजनीगंधा फूलों की सुगन्ध और दूसरे, कहीं से आ रहा लता का मीठा स्वर।

(वि.स. खाण्डेकर)

- उसमें आत्मविश्वास कूट कूट कर भरा हुआ है। लेकिन, साथ-साथ वह अन्तर्मुखी भी है, इसीलिए अभिमानी नहीं है। हाँ, स्वाभिमानी है और उसके गायन में गर्व खनकता है।

(वसन्त ज़ोगलेकर)

- यदि किसी से पूछा जाए, “क्या आपने अमृत चखा है”, तो तीन पीढ़ी के लाखों लोग जवाब देंगे, “जी हाँ, लता के गीतों के रूप”।

(वसन्त साठे)

रूहानी आवाज़ का अमित अहसास

सुरों में गुँथी रूहानी आवाज़ का अमित अहसास,
प्रेम-पीयूष मिलन-विछोह रास-रंग हास-परिहास।

अब छूट गया वो हँसना रोना गाना गुनगुनाना,
पेड़-पौधे पशु-पक्षी देशी-विदेशी सब राहें उदास।

अब हवा भी थोड़ी रुक-रुक थक कर चलती है,
गला सूख रहा अब नहीं बची उसमें कोई सुवास।

तुम सुरमयी राग अलाप रही हो इंद्र सभा में,
वसुन्धरा पर अब बची नहीं कोई सुरीली आस।

ऐसा लगता ही नहीं कि तुम कहीं चली गई हो,
मीठी धुन गुनगुनाती झूमती हो रेडीयो के पास।

हिंदुस्तानी फ़िज़ा में गूँजती रहेगी स्वर लहरी,
जब तक धरा पर बिखरेगा नित नया प्रभाष।

आतिश किसकी बनी आलम-ए-ना-पाएदार में,
हम न रहेंगे तब भी मधुवन में होगा महारास।

—सुरेश पटवा
06.02.2022